As armas e os barões

FLÁVIO MOREIRA DA COSTA

AS ARMAS E OS BARÕES

AGIR

Copyright © 2008 Flávio Moreira da Costa

Capa
Christiano Menezes

Revisão
Rebeca Bolite

Produção editorial
Lucas Bandeira de Melo

CIP-BRASIL. CATALOGAÇÃO-NA-FONTE
SINDICATO NACIONAL DOS EDITORES DE LIVROS, RJ

C872a

    Costa, Flávio Moreira da, 1942-
    As armas e os barões / Flávio Moreira da Costa. - Rio de Janeiro: Agir, 2008.

    ISBN 978-85-220-0891-9

    1. Romance brasileiro. I. Título.

08-0318.
    CDD: 869.93
    CDU: 821.134.3(81)-3

Todos os direitos reservados à
AGIR EDITORA LTDA. - uma empresa Ediouro Publicações
Rua Nova Jerusalém, 345 - CEP 21042-235 - Bonsucesso - Rio de Janeiro - RJ
tel.: (21) 3882-8200 fax: 3882-8212/8313

para Juan Recoacochea,
El Boliviano

e para Nina Rosa, Ana Maria e Julieta

e Feigale

UM BARÃO ASSINALADO
SEM BRASÃO, SEM GUME E FAMA
CUMPRE APENAS O SEU FADO:
AMAR, LOUVAR SUA DAMA,
DIA E NOITE NAVEGAR,
QUE É DE AQUÉM E DE ALÉM-MAR
A ILHA QUE BUSCA E AMOR QUE AMA.

NOBRE APENAS DE MEMÓRIAS,
VAI LEMBRANDO DE SEUS DIAS,
DIAS QUE SÃO AS HISTÓRIAS,
HISTÓRIAS QUE SÃO PORFIAS
DE PASSADOS E FUTUROS,
NAUFRÁGIOS E OUTROS APUROS,
DESCOBERTAS E ALEGRIAS.

...

BARÃO ÉBRIO, MAS BARÃO,
DE MANCHAS CONDECORADO;
ENTRE O MAR, O CÉU E O CHÃO
FALA SEM SER ESCUTADO
A PEIXES, HOMENS E AVES,
BOCAS E BICOS, COM CHAVES
E ELE SEM CHAVES NA MÃO.

Jorge de Lima
Invenção de Orfeu

Obras de
FLÁVIO MOREIRA DA COSTA

ROMANCE
O equilibrista do arame farpado. Rio de Janeiro: Record, 1997. 2. ed. Rio de Janeiro: Agir, 2007.
O desastronauta. Rio de Janeiro: Expressão e Cultura, 1971. 2. ed. Rio de Janeiro: Agir, 2006.
O país dos ponteiros desencontrados. Rio de Janeiro: Agir, 2004.
Às margens plácidas. São Paulo: Ática, 1978.
As armas e os barões. Rio de Janeiro: Imago, 1975.
A perseguição. Rio de Janeiro: Francisco Alves, 1973.

POLICIAL
Três casos policiais de Mario Livramento. Rio de Janeiro: Ediouro, 2003.
Modelo para morrer. Rio de Janeiro: Record, 1999.
Avenida Atlântica. Rio de Janeiro: Rio Fundo, 1992.
Os mortos estão vivos. Rio de Janeiro: Record, 1984.

POESIA
Livramento. Rio de Janeiro: Agir, 2006.

LIVROS DE ARTE
Rio de Janeiro: marcos de uma evolução. Rio de Janeiro: Booklink, 2002.

INFANTO-JUVENIL
O almanaque do Dr. Ross. São Paulo: Nacional, 1985.

HUMOR
Nonadas: o livro das bobagens. Rio de Janeiro: Francisco Alves, 2000.

ENTREVISTA
Vida de artista. Porto Alegre: Sulina, 1985.

ENSAIO
Crime, espionagem e poder. Rio de Janeiro: Record, 1987.
Cinema moderno cinema novo. Rio de Janeiro: José Álvaro, 1966.
Franz Kafka: o profeta do espanto. São Paulo: Brasiliense, 1983.

CRÍTICA LITERÁRIA
Os subúrbios da criação. São Paulo: Polis, 1979.

CONTOS
Malvadeza Durão e outros contos. Rio de Janeiro: Agir, 2006.
Nem todo canário é belga. Rio de Janeiro: Record, 1998.
Malvadeza Durão. Rio de Janeiro: Record, 1982.
Os espectadores. São Paulo: Símbolo, 1976.

BIOGRAFIA
Nelson Cavaquinho. Rio de Janeiro: Relume-Dumará/RioArte, 2000.

ANTOLOGIAS
Os melhores contos que a história escreveu. Rio de Janeiro: Nova Fronteira, 2007.
Os melhores contos de cães e gatos. Rio de Janeiro: Ediouro, 2007.
Os melhores contos de loucura. Rio de Janeiro: Ediouro, 2007.
Os melhores contos bíblicos. Rio de Janeiro: Ediouro, 2006.
Os melhores contos fantásticos. Rio de Janeiro: Nova Fronteira, 2006.
22 contistas em campo. Rio de Janeiro: Ediouro, 2006.
Aquarelas do Brasil: contos de nossa música popular. Rio de Janeiro: Agir, 2005.
Os grandes contos populares do mundo. Rio de Janeiro: Ediouro, 2005.
Os melhores contos de medo, horror e morte. Rio de Janeiro: Nova Fronteira, 2005.
Crime feito em casa: contos policiais brasileiros. Rio de Janeiro: Record, 2005.
13 dos melhores contos da mitologia da literatura universal. Rio de Janeiro: Ediouro, 2004.
100 melhores histórias eróticas da literatura universal. Rio de Janeiro: Ediouro, 2003.
13 dos melhores contos de vampiros. Rio de Janeiro: Ediouro, 2003.
100 melhores contos de crime & mistério da literatura universal. Rio de Janeiro: Ediouro, 2002.
100 melhores contos de humor da literatura universal. Rio de Janeiro: Ediouro, 2001.
Onze em campo e um banco de primeira. Rio de Janeiro: Relume-Dumará, 1998.
Viver de rir II: um livro cheio de graça. Rio de Janeiro: Record, 1997.
Crime à brasileira. Rio de Janeiro: Francisco Alves, 1995.
O mais belo país é o teu sonho. Rio de Janeiro: Record, 1995.
Viver de rir: obras primas do conto de humor. Rio de Janeiro: Record, 1994.
A nova Califórnia e outros contos de Lima Barreto. Rio de Janeiro: Revan, 1993.
Plebiscito e outros contos de humor de Arthur de Azevedo. Rio de Janeiro: Revan, 1993.
Onze em campo. Rio de Janeiro: Francisco Alves, 1986.
Antologia do conto gaúcho. Porto Alegre: Simões, 1970.

TRILOGIA DO ESPANTO

1. O desastronauta ou OK, Jack Kerouac, nós estamos te esperando em Copacabana
2. As armas e os barões
3. Diário estrangeiro (título provisório)

Sumário

O exílio e o limbo 15

Introdução 19

primeiro caderno: 1965 21
O EXÍLIO, O REINO

flash-back: 1963 113
O MUNDO ESTÁ ERRADO

segundo caderno: 1967 127
MEU NOME É ARTHUR RIMBAUD

Epílogo 161

As armas e os barões e a crítica 169

O EXÍLIO E O LIMBO

EU ERA JOVEM E ESTAVA NO LIMBO.
Nos anos 1960, junto com a passagem da adolescência – em Porto Alegre – para a maioridade – no Rio de Janeiro – e com o golpe de 1964 atropelando tudo, eu era um universitário sem universidade (preso pelo golpe de 64, precisei interromper as faculdades de Direito e Filosofia), um jornalista sem jornal (*Perspectivas*, jornal quinzenal editado por mim, e *Última Hora*, onde escrevia, foram fechados), um cineasta sem filmes e um escritor sem livros.

Mas alguma coisa de bom aconteceu no meio do caminho: ganhei uma bolsa de estudos do governo francês, em 1966/67; fui a Paris estudar cinema e voltei de lá escritor, com os originais de *As armas e os barões* e *O desastronauta*.

Levei ainda anos para publicá-los: foi a vez dos meus originais caírem no limbo.

Escrito grande parte no inverno de 66/67, num quarto do Grand Hotel de Suez, no Boulevard Saint Michel, e retomado no final de 1968, de volta a Paris, num apartamento de uma amiga, *As armas e os barões* foi contaminado por maio de 68. Não de uma forma direta – nem anedótica, nem festiva, como até hoje é tratado "o ano que não terminou". Apaguei as pistas mais óbvias do que iria acontecer (e já estava acontecendo no Quatier Latin, onde eu morava) na primavera de 68. Deixei uma ou outra referência – como a morte de Che. O resto – um inesquecível comício no Mutualité a favor da vida de um guerrilheiro peruano condenado à morte (Douglas Bravo), com Sartre falando à multidão; o clima geral entre os alunos da Sorbonne, com passeatas e enfrentamento com a polícia, e entre os quais já se destacava, ainda desconhecido da imprensa, Daniel Cohn-Bendict; minha ida com Glauber Rocha até um laboratório de cinema para pegar a assinatura de Alain Resnais num manifesto contra a Guerra do Vietnã; freqüência diária à Cinemateca, onde, na apresentação de um filme brasileiro, nosso adido cultural (Guilherme Figueiredo) foi vaiado pelos "gauchistes", que vaiavam na verdade a ditadura militar; convivência com exilados brasileiros e latino-americanos, etc. Tudo isso foi parte da minha vivência pessoal e não "entrou" no romance: ia para um diário que mantive na época: *Diário estrangeiro*, que, a ser publicado em 2009, deverá fechar minha *Trilogia do Espanto*.

Eu já havia tirado os sinais explícitos de exílio político que o livro tinha nas primeiras versões. Como estava então, era quase impossível publicá-lo no Brasil: sete editoras recusaram os originais. A carta de Otto Maria Carpeaux, em português e em uma versão francesa, que até esta edição mantive inédita, existiu no sentido de tentar a publicação do livro no exterior; Glauber Rocha chegou a levar os originais do livro para Cuba – tudo em vão. Paradoxalmente, todas essas recusas me levavam a repensar e reescrever o livro: e ele resultou mais simbólico – mas também menos superficial. Se tivesse permanecido como exílio político, estou convencido de que o livro seria hoje datado. Permaneceu o trabalho literário que o tempo e eu mesmo impusemos a ele. Afinal, o exílio era existencial; tanto quanto estar vivendo em Paris, o exílio era ter 20 anos num mundo velho. Cláudio C. fala muito em liberdade, sinal claro de que vivia algum tipo de opressão. Um exílio literário, um exílio poético. Como nos versos do português Fernando Echevarría:

As cidades longínquas são felizes.
Cantam ao sol implícito do mármore.
E, diáfanas, sonham, sem raízes
o artifício das fontes pelas árvores.

(Embora Paris dos anos 1960 não fosse longínqua para Cláudio C. — longínqua era sua terra.
Mas, depois de sete outros versos, o poeta conclui:)

E desse longe da cidade viva,
riscada a azul no fundo vesperal,
surge outra, em ruas de uma luz ativa

que na retina, lavra um branco igual.
Que o que é feliz é um longe que se aviva
dentro de haver mais longe em cada igual.

Desconfio que era isso que eu queria dizer quando escrevi *As armas e os barões*. Não sei, até hoje, se consegui.
  Sei que saí do limbo.

FMC
Rio, março de 2008

  PS - A primeira edição de *As armas e os barões* saiu pela editora Imago, em 1974; a segunda pelo Círculo do Livro, em 1981. Esta edição da Agir, revista pelo autor, é a terceira — e definitiva edição.

INTRODUÇÃO

UM HOMEM É UM ANIMAL QUE ENLOUQUECEU. Um homem louco é duas vezes louco. Quem não grita, não vive. Não me interessam as palavras bonitas, não quero mais do que tenho para dar. A História é uma estória, e eu não tenho estórias para contar. A ficção é um tratado histórico (apócrifo), e o anonimato é esta personalidade incrível chamada multidão.

Era uma vez um rapaz que queria escrever uma fábula sobre dois manetas: eram dois manetas que se conheceram e passaram a ser amigos: podiam então, juntos, bater palmas aos espetáculos da vida. Mas um dos manetas teve a sua única mão decepada — e a estória não teve desenvolvimento.

Literatura era meu avô contando estórias quando eu era criança. Meu nome é Cláudio C. Não sou um homem de letras. Sou um homem.

Cláudio C.
Paris/Atenas – 1967/68

Primeiro caderno: 1965

O EXÍLIO, O REINO

*"Minha pátria é minha infância.
Por isso vivo no exílio."*

Antônio Carlos de Brito

(em algum país da Europa Central)

VOCÊ ESTÁ COM FOME – parece que nem percebe mais, mas sabe que é verdade: seus olhos dançam nas coisas, nas paredes velhas desses edifícios velhos, sempre em movimento, olhando sem ver, o estômago crescendo, crescendo – o estômago crescendo na barriga pequena que depassa seu corpo; o vazio – material, forte, presente – se alastrando por dentro. Se ao menos você tivesse forças para cair... se você caísse agora seria acudido e seria mandado, provavelmente, para o hospital – no hospital é certo que tenha comida. Uma velhinha passando... dizem que as velhinhas são piedosas, simples questão de esticar a mão – mas você não é um mendigo, que isso fique bem claro, você não é um mendigo: sente fome, é só isso. A velhinha olha você com olhos de reprovação – *desculpe, minha senhora* – você está no "último degrau da fama", como diz um samba do seu amigo Nelson, e ainda vai se preocupar com essas coisas: era só o que faltava – sua aparência deve estar horrível, mas e daí? *Desculpe, minha senhora, se acabo de afetar sua sensibilidade, mil perdões, mas saiba que estou muito mais afetado do que a senhora: mais profundamente: afetado até a medula.* Pois é, deve fazer um mês que você não sabe o que é um chuveiro; claro que continua com a mesma roupa: o dono do hotelzinho vagabundo onde você estava prendeu sua valise e ameaçou chamar a polícia se você não pagasse o que devia. Você não come há... não sabe muito bem, mas deve fazer uma semana – *comi um sanduíche que me pagaram uns três dias atrás.* Os dias difíceis. Se a senhora estivesse interessada, você poderia apresentar um relatório completo – poderia mesmo escrevê-lo a máquina. *É só a senhora apresentar uma máquina; posso provar que não sou um mendigo...* Você já foi um rapaz de instrução, conhece ainda coisas dos livros e da vida. *Mas para a senhora não interessa, não é? Está na hora de ir pra casa, tomar seu chá bem à vontade e comentar com as outras velhinhas rigorosamente iguais à senhora que a juventude dos tempos atuais está cada vez pior.* Mas você continua andando: volta pra Estação, depois volta pra Avenida, depois volta pra Estação – assim o dia se enche e você cumpre sua trajetória diária – como um Prometeu que anda, com a diferença que você é sua própria águia (ou corvo ou abutre) comendo seu próprio fígado. Se pelo menos fosse verão, *eu quero o verão*; os pés duros, estômago e nuca doendo – o pior é a dor na nuca –, no verão você poderia trabalhar. Seus pés estão gelados, seus pés estão gelados, sua barriga está quente e dói, sua cabeça dorme, seus olhos não param nas órbitas, sem se fixar em nada – você gostaria de dormir; não, não tem coragem de cair no chão – se conseguisse desmaiar naturalmente! Uma vez em Nova York você viu um homem no metrô que pedia pelo-amor-de-deus para ser preso – agora você compreende. Você ainda é moço – "tem o futuro pela frente, meu filho" – pode agüentar, até quando você não sabe. Que chegue logo a noite para você dormir; dormir alimenta, sempre dizia Juan: se você dorme mais, não gasta dinheiro com comida e recupera um pouco mais o organismo – Juan sempre tinha razão. Quando a noite chegar você vai dormir confortavelmente no mesmo cantinho menos frio da estação, depois que o guarda-noturno fizer a inspeção final. Esta tontura prolongada, sua cabeça por dentro como se estivesse cheia de fumaça... você quer a noite... nunca pensou que fosse tão fácil parar de fumar – ao lado da necessidade, a vontade não existe. Mas ontem se viu tentado a pegar uma guimba no chão, ainda acesa, e deu umas tragadas. Você quer a noite; agora vai se encostar um pouco, deixar essa gente passar – é incrível como uma pessoa pode morrer pouco a pouco e ninguém, ninguém mesmo, faz o menor gesto. Quantas pessoas no mundo estarão morrendo? onde andará aquele homem do metrô? há quantos anos já deve estar morto? Dormir, dormir, dormir – o que salva você da morte são os olhos: essas duas bolas de gude gelatinosas que se agarram à vida, mesmo deslizando nas aparências das coisas: você olha, vê, enxerga; talvez seja o único de seus sentidos que ainda funcione: é seu testemunho, a prova para você mesmo de que está vivo: as coisas aparecem e você vê, registra – uma pequena máquina fotográfica mental: em dias melhores as fotos serão reveladas. Enquanto você tiver os olhos abertos – brilhantes ou opacos, fixos ou bêbados – terá a certeza de estar vivo: nada mais importa. A neve. Há três dias que não neva, mas ela ainda está pela cidade, misturada com o barro. Seus pés estão roxos – é melhor pensar em outra coisa. Um cafezinho agora poderia enganar o estômago; seu estômago por dentro: deve ser uma bola encolhida, as paredes vermelho-escuras e o vazio enorme enchendo tudo – mas deve estar uma bola pequena, encolhida. Se lhe pagassem agora um almoço completo, de nada adiantaria, você não conseguiria comer: era capaz de desmaiar, ou não agüentaria de dor. Amanhã talvez você passe na embaixada. Não, não... Mas pode ser que tenham lhe mandado algum dinheiro. Você não consegue mais pensar direito: como é que vão saber que você está aqui? Devem pensar que você ainda está em Londres. Olha aí um polícia: na sua frente tem um polícia; muito bem-arrumado, a arma ao lado, eis a autoridade local; muito simpático, se você tivesse agora uma bomba colocaria no bolso dele e saía sem esperar pelo resultado. É melhor fazer força para caminhar direito senão vai pensar que você está bêbado. *Ora, que se dane.* Sim, até que não seria nada mau ser preso agora, tomar a sopa que eles devem servir uma vez por dia. Essas pessoas na sua frente, atrás de você, pelos lados: Lúcio dizia: a pessoa que sobe com você no elevador tem todo um passado, é alguém que sofre e vive, tem presente e futuro. *Impossível a gente continuar a pensar assim, Lúcio. Simplesmente porque você não é considerado desta maneira.* Sim, você passa e as pessoas passam como se passassem por um objeto: essa gente que anda em volta de você não tem passado, não tem presente, não tem nada: são coisas que caminham e que você nunca mais verá; uma pessoa é um acidente geográfico – um desastre, como você dizia quando era pequeno – na paisagem de um outro. *Individualismo, Lúcio?* Que ele venha cá e ocupe o seu lugar; ele não vai querer estar na sua pele; à merda com o humanismo – e também como o zumbismo que se arrepende de ter criado – se você morre de fome e frio. É disso que você tem de se ocupar agora: não que não seja mais um "zumbista", o problema é outro, um dia Lúcio compreenderá. Agora você entra nessa rua, vai caminhando até o final da Avenida, depois dobra à direita e chega na ruazinha do porto. *(Há uma semana, nessa mesma rua eu conheci um homem baixo, chamado Miklos ou Michaels, de profissão indeterminada, sem um braço – através dele conheci duas mulheres, sentaram-se na mesma mesa – eu ficava sempre isolado por causa da língua, mas uma das mulheres, Marina, loira de uns trinta e oito anos, conversou um pouco comigo em inglês, ela falava todo o tempo em Leningrado, me pagou dois sanduíches e um café: imagino meu rosto branco, minha estatura alta e magra, meu desespero desenhado nos olhos, minha aparência juvenil e cansada – tudo isso deve ter despertado seu instinto maternal – ela usava um casaco de pele fina em contraste com o ambiente, tinha bons modos, seu inglês não era mau, nunca cheguei a saber se era russa realmente, talvez não, mas certamente deve ter morado em Leningrado – parecia uma duquesa decadente, destas que a gente vê em filmes – era um bar de prostitutas, mas Marina não parecia ser uma delas; eu e o Miklos ou Michaels pouco chegamos a conversar, mas de vez em quando ele me dizia alguma coisa, soltando uma palavra em inglês como se tentasse sintetizar seu pensamento – ele conhecia todos no bar e todos pareciam conhecê-lo.)* Se fosse verão você poderia pelo menos estar trabalhando numa fábrica. Por esta rua tem menos movimento – caminhar bastante pra não congelar os pés – o melhor seria um lugar quente (lembra-se dos *clochards* em Paris deitados na boca do metrô para aproveitar o ar quente) –, Juan poderia ter avisado que o negócio aqui não era fácil, o sacana aconselhou tanto você a vir; também, deve estar na pior agora lá na Bolívia – que é que ele pode fazer na Bolívia? Antes de completar um ano estará de volta: já aprendeu o caminho para a Europa. Há três dias que você não vê Miklos e as mulheres do tal barzinho. Juan não devia ter aconselhado você a vir – a verdade é que você não tinha muita escolha, tivesse ficado em Londres, teria sido pior. Mas lá pelo menos você podia falar a língua, perguntar, pedir, conversar: aqui é essa merda, esse isolamento agressivo: você olha para os lábios das pessoas quando elas estão falando, esperando ouvir alguma coisa de familiar, que faça sentido, ainda que xingando; ofendendo; mas, não, é esse som neutro, duro, sem sentido – *vontade de chamar todo mundo de filho-da-puta.* Mas seriam capazes de agradecer. Não custava nada pagar um cafezinho, enganar o estômago, enganar o estômago, você não é hindu nem nada, fazendo greve de fome: você quer comer. *J'ai faim; I'm hungry.* Os loucos comem merda: se você estivesse louco poderia se alimentar. Um pão com manteiga, um pão com manteiga: se ainda estivesse exigindo um peru assado ou uma feijoada – você conhece a medida do possível: um pão... *meu reino por um pão...* É melhor pensar em outra coisa. Seus pés estão duros, já não os sente mais, a meia, os sapatos, uma coisa só. Juan é um cara de sorte: quando esteve aqui, veio acompanhado daquela mulher que encontrou em Paris (Elke?), não teve maiores problemas; ela andava com ele pra cima e pra baixo, em Paris, estiveram juntos no ateliê de um canadense, e aqui acabou conhecendo bem a cidade, se divertiu, sem problemas de casa e comida. A visão falsa que a gente tem das coisas: Juan aconselhou tanto você a vir, porque no fundo tinha por base a sua experiência nessa cidade. De qualquer forma, você precisava ir para algum lugar – Paris é muito cara. Eis finalmente a ruazinha do porto – a essa hora não deve ter ninguém no bar: eles costumam ir para lá à noite e à noite você vai dormir. Juan garantiu que você encontraria emprego aqui com facilidade, e então você veio pronto para tudo. Mas nunca achou o endereço que ele lhe deu – a tal fábrica de um boliviano amigo dele: você anda com tanto azar que vai ver aquele sujeito vendeu a fábrica e voltou para a Bolívia. Quando tiver tempo, escreverá uma carta ao Juan, esculhambando – Juan fez de propósito. Não, não, você não acredita que ele chegasse a fazer isso, não é coisa que se faça. E eis o bar. Dar uma olhadinha, não adianta entrar que você não vai comprar nada, não, pra quê? não vai gastar seu dinheiro imaginário... Depois, quando chegar na sua casa, o jantar estará na mesa... Ontem fez mais frio que hoje, ainda bem, seu Zé; precisa ver se falta jornal velho e se os outros estão no mesmo lugar; os jornais se dividem em dois tipos: os que servem para forrar o chão e os que servem para se cobrir. Essa lição você aprendeu direitinho, pois é, "experiência de vida"... aí está... agora agüenta! Graças a Deus passou um pouco a tontura e a dor na nuca. Amanhã será outro dia – oh frase!, amanhã será exatamente o mesmo dia; amanhã=hoje, hoje=ontem. Até quando, Catilina, abusarás da *patientia nostra?* Cantar um samba pra espantar o frio. Nelson, meu velho, se você estivesse aqui a gente poderia pelo menos tocar violão; ou então se empenhava o violão e íamos jantar; *mas não acredito que ele concordasse em empenhá-lo, a gente morria de fome mas com o violão.* A verdade é que ele jamais estaria aqui com você, essa é a diferença: ele é do tipo que fica, você é do tipo que sai. Você volta agora para a Avenida novamente, e novamente volta para a Estação – aqui tem esse vento que vem do cais. *(Quando fui falar com o chefe de polícia ele me ouviu com muita atenção pois compreendia o inglês, e então contei minha estória, expliquei meu caso, pra encurtar ele disse que infelizmente nada havia que pudesse fazer, me deu algum dinheiro antes de se despedir, pus o dinheiro no bolso sem falsos orgulhos, não era muito mas deu pra engolir uma sopa de ervilhas e um prato forte, foi a última vez que comi uma refeição de verdade – quatro dias depois foi que encontrei Miklos ou Michaels, o sujeitinho sem braço.)* Você precisa arrumar uns jornais velhos senão não dorme direito outra vez. Os pés gelados, gelados. Quando você tomou o café que Marina lhe pagou, raspou cuidadosamente o açúcar do fundo com a colher, ela ficou olhando espantada. É impossível continuar assim, se você fica parado, os pés congelam, se caminha, doem ainda mais. Sozinho, sozinho, sozinho. Frio, frio e frio. Fome, fome e fome. Passou um pouco a tontura. Se sair vivo dessa, você... Antes tivesse ficado, agüentasse as conseqüências, talvez estivesse agora no seu quarto, com seus livros, com o rádio grande herdado da avó que pegava a BBC e a rádio Moscou, a cama fofa, fofa – a incomparável comida feita em casa. Se botassem agora um prato de comida na sua frente, você não poderia comer, teria de ser aos poucos, senão vomitava tudo: começar com uma sopa leve, só algumas horas depois – nesse intervalo, dormiria – é que poderia jantar direito. Não é só o frio que incomoda: é esse vento que parece cortar, que entra por baixo de suas roupas sujas e machuca a pele. Você está doente, doente, necessita de atenção médica, alguém precisa entender isso. Ainda bem que não tosse, senão ficaria impressionado, já se julgaria um tuberculoso. E se você procurasse um hospital? É uma idéia: ia chegando como quem não quer nada, ia explicando em inglês ou francês que estava doente, que não podia mais ficar na rua, que tinha de ser internado. Mas você já pensou nisso antes. É, os hospitais aqui devem ser gratuitos. A carta de Lena no bolso, velha, o envelope já se desmanchando. Coitada da Lena, já deve ter desistido de receber resposta: assim que puder você escreve pra ela. A dor no estômago está aumentando, de vez em quando dá umas pontadas. Do lado de lá da Estação parece que tem um hospital, agora você se lembra: logo que chegou andou por aqueles lados, havia uma cruz na porta, parecendo a marca da Cruz Vermelha – um hospital, com certeza: você chega lá e finca pé, diz que tem de ser internado senão acaba morrendo. Mas cadê coragem? Ora, vai entrando e vai falando em qualquer língua, vai armando uma confusão – acabam aceitando você. Melhor parar um pouco para descansar os pés; depois você passa por lá e vê como está se sentindo na hora. Deve fazer uns três meses que você não conversa com ninguém na sua língua. Zé foi embora para Santiago, Maria Luísa ficou no México, e você não devia ter abandonado a Iugoslávia, lá a vida podia ser chata mas era muito barata, você acabava aprendendo a língua e entrava para uma faculdade qualquer. Desde que abandonou Lubjana você não teve mais sorte, não sossegou um minuto. Em Paris foi um pouco melhor, mas você não podia ficar entregando prospectos de propaganda de casa em casa a vida toda – dava apenas pra safar a onça, dinheiro pouco. Três meses e você não agüentou mais, aproveitando a carona de Juan para Londres, mais um romance terminado, e foi para o *fog* londrino e de lá veio para cá, para a fome e o frio, aqui, na mais perfeita e tranqüila merda. Engraçado como as coisas vão perdendo seus limites: as coisas que você está vendo agora: suas margens se diluindo, a se confundir com o que está por trás, em volta, como se fosse tudo uma grande tela borrada; sua visão é impressionista, sem a vida das cores de Van Gogh; mas sua situação é barroca, desigual, trágica, a pior possível: dessas que você deseja pra seu pior inimigo. Só essa fome... *não, não é mole...* Você já perdeu a noção dos dias; mas é engraçado como isso não faz mais falta: um dia é um número na parede, um dia é um número, se você esquece o número, tanto faz, tudo continua a mesmíssima coisa. Você só sabe quando é domingo porque é diferente; domingo é diferente: é um dia chato em qualquer lugar do mundo; mas você não sabe mais qual é o dia do mês desde que saiu do hotelzinho vagabundo. Agora você aperta suas coxas com as mãos e sente que elas estão magras e duras – estará pesando quanto? Nem é bom pensar. Você vai caminhando em direção ao hospital antes que anoiteça. Até lá, meia hora mais ou menos: vai pensando, conversando consigo mesmo e num instante chega lá. A população desta cidade não tem rosto – desde que você tem andado por aqui não se lembra de ter visto o rosto de ninguém, e lhe ocorreu agora que as dezenas de pessoas que passaram por você no dia de hoje não lhe deixaram a mínima marca, de nenhuma cara se lembraria: são corpos de gente que anda, são corpos, sem face e sem caráter: porque só quem tem rosto é gente: um homem se conhece pelo rosto que tem, o rosto é o mapa onde se pode estudar, ver, conhecer os caminhos das pessoas: quem não tem cara não tem história, não tem passado, Lúcio. Esses – os que não têm história – são os piores homens, porque um homem sem história é um homem sem compromisso, forma extrema de individualismo, o contrário de liberdade: um homem que não se pode ler no rosto, cuidado com ele! – de um homem sem história tudo se pode esperar. Um pesadelo, na noite passada você teve um pesadelo, não se lembra como foi, acordou sobressaltado, cansado. *Existem três Europas; Lúcio, todo país da Europa é triplo: é o país que os turistas vêem – o mais agradável, o mais fácil –, o país do cotidiano – dos habitantes do lugar –, e esta Europa, europa, que você está vendo agora: uma europa egoísta, esgotada, incapaz de compreender certos problemas, pequenos mas básicos, humanos: uma europa cheia de preconceitos, idéias fixas – cheia de si –, uma europa de uma fome que mata, uma europa ao mesmo tempo duquesa e prostituta e mendiga.* Você caminha. Você caminha e quando puder escreverá uma carta para Lena: conta tudo, explica direitinho. Ela vai entender. Se fizer de novo o frio que fez há três dias, você morre, pois suas pernas simplesmente já endureceram – carne, veias, vasos sangüíneos e ossos agora tudo uma matéria só, e você não vai mais poder sair do mesmo lugar – se o cérebro congelar aí então é o fim: os olhos não vêem mais e você abotoa o paletó. Um brasileiro que você encontrou na barca que vinha (ou que ia) da Inglaterra lhe disse que havia muita coisa nova em termos de arte .... e aqui você é um prisioneiro da falta de dinheiro, um marginal do desemprego e acima de tudo um intruso. Só não é ainda ladrão, mas isso é uma questão de tempo. Espere pra ver. Você não sabe que dia é hoje, que dia foi ontem, que dia será amanhã, não sabe, não sabe que horas são: exatamente agora neste local, nesta cidade, neste país, você sente e sabe que é um homem absurdo, alguém que foi longe demais – e isso ninguém perdoa. Um indesejado, ser absurdo, criminoso sem crime, ladrão sem roubo – o que não faz diferença. Você é um homem doente, um homem com fome, com uma fome maior que você mesmo: uma fome que o determina, que o condiciona, que o limita: você é a dimensão exata da sua fome: é um marginal porque se colocou na pele de um marginal: um nada, zero à esquerda. E quer dormir uma semana, desaparecer do mundo dormindo; precisa urgentemente de uma recuperação geral; tenta, tenta: se não lhe aceitarem no hospital, sente na escada e não saia mais dali. *Estou ficando com mania de perseguição: ontem tive a sensação exata que estava sendo seguido por aqueles dois cabeludos, quando andava aqui por este parque.* Vai caminhando, logo chega, depois do parque mais uns dez minutos. Há quanto tempo você não sabe o que é ler um jornal? Nenhuma possibilidade de relacionamento com a realidade objetiva: aqueles que passam fome são egoístas no momento em que estão passando fome: o morto de fome é o centro do mundo. Compreende-se. Agora você sabe, e não aprendeu nos livros; reconhece que a guerra é importante, mas a única coisa que pode pensar agora é em comida, numa cama pra se encostar; sabe que os países estão em crise, mas você também está e é este o problema, nisso se resume a sua pessoa, hoje. Recuperando-se, melhora. Comida no estômago, consciência na cabeça. Se a circulação do sangue em seus pés voltar a funcionar, se seu estômago estiver bem tratado, seu corpo agasalhado, voltará a ter as preocupações que agora lhe são secundárias. Atualmente sua consciência está encolhida, pequenina, bloqueada. Se chegar ao hospital e desmaiar, eles são obrigados a receber você, e quando acordar já estará numa cama bem confortável. Se, se, se, se – o futuro no condicional, o presente no passado: porque você tem de evitar que o presente exista – pelo menos lá com seus botões. Sempre foi um sujeito de se impressionar com as coisas, um espantado às vezes com as coisas mais simples do mundo. Imagine agora: acaba morrendo mas de susto. Assim será melhor, morre logo, e não mais essa morte lenta, que vem pouco a pouco de dentro de você, do estômago, vai subindo pelo peito, descendo pelas pernas, deslizando pelos braços, subindo de novo até finalmente atingir a cabeça: quando não conseguir mais pensar é porque morreu ou desmaiou. Da mesma maneira como aconteceu com seus pés, você não os sente mais, é como se não existissem, as pernas caminham, uma atrás da outra num ato maquinal, devagar se vai ao longe, devagar você chega lá – que interessa você chegar lá às seis da tarde ou às nove da noite, se você não sabe se são seis ou nove horas? Não interessa, não interessa, enquanto-a-cidade-dorme-o-teu-pai-rouba-galinha. Depois que você sair do hospital – quer dizer então que você vai para o hospital, não é? –, a primeira coisa que vai fazer é arrumar uma mulher que você não é de ferro. Se uma mulher se oferecesse a você agora, seria um desacerto, estava roubada: um desperdício. Juan a essas horas deve estar dormindo com todas as bolivianas de La Paz: é a única coisa que ele pode fazer por lá. Assim que arrumar um dinheirinho, volta para Paris, ou Inglaterra, ou Cochinchina, ou Marienbad, tanto faz. O negócio é que toda cidade é ruim quando não se tem tranqüilidade e/ou dinheiro. O Rio, com muito dinheiro, não é tão ruim assim. Paris tem é a fama. (Mas, Cláudio, isso é idéia típica de quem está no exterior... se estivesse no Rio, estaria sonhando com Paris...) *Ora, quem tem fama vai a Roma... não, parece que misturei dois provérbios...* Em 1954 você entrou para o ginásio. Tirando o aniversário, é a única data da sua vida que você lembra, porque foi o ano em que morreu Getúlio, agosto de 1954, uma bala no peito (ou tiro na cabeça), o povo saiu às ruas, a professora interrompeu a aula e comunicou, chorando, a morte do "grande brasileiro", providenciou que cada um fosse de carro para suas casas – você sentia qualquer coisa no ar, assustado e excitado; Getúlio morreu e você também, de fome e frio. *Lena, eu vou te escrever...* Você está com o corpo doído, como se tivesse levado uma surra, como se estivesse narcotizado... em 1954... *saudades, Lena...* em 1964... você está tonto, tonto, e a nuca voltou a doer... já não tem mais certeza se é por esses lados... se estiver no caminho certo devem faltar uns três quarteirões... *devagar eu chego lá...* e você nem sabia o que era fome antes... apenas uma palavra... *meu-deus-do-céu, o que é que eu estou fazendo aqui?...* deveria estar no Rio... ou em Araçatuba... Barro Vermelho... Curdistão... Santo Antônio da Patrulha... São João da Barra... São Xavier... Pólo Norte... Você podia muito bem ter ficado na fazenda do seu cunhado, lá você era amigo do rei... suas pernas tremem... em Pasárgada não há governo... parece uma mulher velha reclamando. Mas não é mole: há vinte e três anos você nascia, vinte e três anos depois você está sentindo fome e frio; há vinte e três anos era a Segunda Guerra Mundial, agora a guerra é outra, ou a mesma, modificada. Você começou muito cedo, sabe, a se interessar pelas coisas, a querer entrar no mundo dos adultos – os adultos, esses elefantes: você agora é um elefante alto e magro e sem estômago, tão magro que não pode nem com o peso da tromba: é só tromba e olhos e pernas duras de frio. Em 1963... em agosto ou setembro de 1963, dia 21, por exemplo, exatamente às vinte e uma horas o que é que você estava fazendo? Era a época em que estava saindo com a Lena, poderia estar em sua casa, em Ipanema, logo após o jantar, ou na faculdade, ou no apartamento do seu primo, em Copacabana, ou na redação de *Perspectivas,* em São Xavier... *Você se lembra, Lena, estava chovendo e passeávamos pela praia...* deve ser mais ou menos por aqui, tem uma tabuleta na porta, um sinal parecido com o da Cruz Vermelha. Você quase caiu há pouco, vinha pensando e trocou as pernas – bimba! – quase que se esfacela no chão. Tem de fazer força para enxergar direito, para falar, explicar com clareza para a pessoa que atender você nesse tão sonhado hospital, *a senhora me desculpe, mas estou muito doente e tenho de ficar aqui, não agüento mais,* mas não, é melhor dizer que está doente do estômago, sentindo dores insuportáveis, mais vontade de vomitar – entretanto, ninguém se interna num hospital porque está com vontade de vomitar... na hora sai, vamos ver, um pouco de humildade nesse momento, fale em inglês ou francês, talvez entendam melhor o inglês, tanto faz, você não sabe, as chances são as mesmas (Gustavo falando: "o problema é que todos os lances são absolutamente iguais") – só o prazer de tirar essa roupa suja... e deitar numa cama fofa... e comer... e sentir calor... e dormir. Passar a mão nos cabelos, arrumar um pouco a roupa para diminuir o aspecto de mendigo: você tem de falar firme, com convicção... *Engraçado, esqueci que tenho pés, não sinto mais meus pés, sou um homem sem pés, caminho com os tocos das pernas, minha senhora, eu não tenho mais pés, quero ficar aqui pra ver se eles começam a voltar com o tempo, como o rabo da lagartixa, a senhora entende?*... seus pés se misturam com a neve, com a lama, mas se você ficar no hospital, aquecido, eles voltam, exatamente como os rabinhos das lagartixas, ela vai compreender e vai mandar você direto pro quarto, depois, tem ainda seu estômago vazio, encolhido, ele diminui, sabe, fica pequenininho, mais tarde também volta ao normal, *é por isso que preciso ficar aqui,* três dias, uma semana no máximo, *depois eu vou embora... could you please... s'il vous plaît... yes... no... embora... depois...* E se a resposta for negativa, se não houver simplesmente lugar no hospital? e daí? você é um homem em perspectiva, sem perspectiva, tanto faz, tanto fez, ora... e eis o hospital! Ali está ele! Quase em frente a sua última e única esperança – um hospital: abençoado seja! Você acha engraçado o portão de entrada, um semicírculo de ferro com umas inscrições ilegíveis, o que faz com que você se lembre do início de *O ateneu,* o pai dizendo para o filho, "aqui, meu filho, vais encontrar o mundo", e pela primeira vez em muitos dias, você sorri, esquece a tontura e sorri –, e continua sorrindo enquanto pisa os primeiros degraus da escada.

PARA AFASTAR A CHUVA da paisagem à minha frente,
basta cerrar os olhos.
Mas continuarei ouvindo o barulho da chuva caindo.
Tapo, então, os ouvidos.
Mas os respingos continuarão molhando meus braços.
Finalmente, fecho a janela.

Mesmo que cerre os olhos, tape os ouvidos
e feche a janela,
esse isolamento só seria possível por alguns minutos.
E mesmo assim,
a chuva continuará caindo.

....
....
....
....
.... e agora faz pouco mais de um mês que você
está aqui: a freirinha explicou que sua internação foi uma condescendência toda especial, mas não vem ao caso. E esse velhinho que está na cama ao lado, que língua estará falando? não é a língua oficial do país, talvez algum dialeto do sul – pelo que você entendeu a freirinha explicar –, de qualquer forma é uma língua arrevesada que consegue ser mais incompreensível ainda do que a outra que você já se acostumou a ouvir sem entender; o velhinho conversa com você o tempo todo, conta estórias, queixas que você jamais saberá quais sejam; como poderia ocorrer a ele que você não é do seu país, que não fala sequer a sua língua? Deve ser uma idéia que não entra na sua cabeça: ele está aqui esperando, esperando, não mais do que isso: na sala de visitas para a morte, nada mais tem a ver com os vivos, espera simplesmente pela manhã em que não mais acorde: um ser humano reduzido a três atividades: dormir, falar e mijar no chão (tem um urinol debaixo da cama, mas por nada desse mundo ele compreende isso, se levanta, sempre num esforço demorado, dá uma volta na cama e acaba mijando no chão, aos pés da cama); a morte muito breve vai apagar o brilho dos olhinhos encravados na caveira do rosto. A freirinha disse que ele está com noventa e oito anos – é um matusalém; uma vez por semana chega uma mulher de mais ou menos

setenta anos para lhe fazer visita, é sua filha, traz sempre uma barra de chocolate como presente, mas quem acaba comendo o chocolate é você: o velhinho simplesmente se esquece e você vai comendo pedaço por pedaço. Pra não morrer de tédio, você começa a inventar as coisas, ainda que seja só na sua cabeça: ontem à tarde você ficou se lembrando do seu primeiro namoro, como era cada dia, as emoções, etc.: a princípio não conseguiu se lembrar nem do nome da namorada, depois, pouco a pouco, tudo foi surgindo – como se estivesse se recordando de um filme –, o nome (Lídia), o rosto, os sorrisos, as aflições, as correrias – tanta coisa de criança num mundo sem preocupações: se ela não aparecesse no colégio um dia, não havia problema mais sério na humanidade de calças curtas que andava em você. Engraçada, a infância: uma coisa que existe e que não existe ao mesmo tempo; o passado: um cinema interno, quando se quer se assiste à projeção desses filmes privados, quando convém, se desliga. O tempo custa a passar; você está num hospital, não se esqueça, e num hospital de velhos, deve estar se aproximando agora a hora do almoço: ruídos internos na sua barriga antecipam a entrada da freirinha com a bandeja – mas essa fome que você sente agora é mais tranqüila, pois tem hora certa para ser amainada. Enquanto isso você lê e relê um jornal antigo, o *Le Monde,* na primeira página uma fábula política sobre "le faucon et la colombe" na Guerra do Vietnã, em forma de pequeno editorial, na página seguinte a troca de cartas entre Johnson e Ho Chi Minh, na parte de espetáculos, o lançamento de um filme de Godard, crítica e entrevista com ele; mais: golpe de Estado na África, greve numa fábrica francesa, um advogado americano tenta provar que Kennedy foi vítima de um complô e que muita gente precisa ainda ir pra cadeia, Che Guevara está desaparecido, possivelmente na Bolívia, Salazar tem problemas com suas colônias ultramarinas, ameaça de reabrir o caso Ben Barka, termina a exposição Picasso, morre Alice B. Toklas, companheira de Gertrude Stein,

tumulto nas universidades argentinas, etc. etc.............................
Quando você chegou no hospital a mulher que atendia na portaria não conseguiu compreender o que você estava querendo e acabou chamando o médico de plantão: ele falava inglês e então você explicou que estava doente do estômago, que já havia desmaiado três vezes naquele dia e que precisava ser internado – montou e encenou uma pequena tragédia: o médico foi muito atencioso, fizeram você tomar banho, pijamas, arrumaram uma cama num quarto para dois, injeção, tomou uma sopa leve e dormiu. Ao contrário do que havia pensado, acordou no outro dia por volta das nove horas – julgara que fosse dormir um dia seguido –, e quando acordou, ouviu vozes, a freirinha entrou no quarto, e você viu pela primeira vez o velhinho na cama ao lado; depois que a freira se retirou, ele começou a falar, falar, como se estivesse conversando com você; no início, você tentou dizer em inglês que não entendia a sua língua, mas o velhinho continuou a conversar: acabou se acostumando: deixou-o falar em paz, ele não precisava ser contestado, não esperava resposta sequer. O médico foi muito compreensivo, viu que você não tinha nada no estômago (e era exatamente esse seu mal), mas lhe advertiu que poderia pegar uma doença nos pulmões e ficou impressionadíssimo com o estado de seus pés (isso ele só disse depois): você ficou cinco dias com bolsa de água quente nos pés – no princípio não sentia nada: agora eles estão bem melhores, mas ficaram marcados, a pele ferida, a enfermeira pôs mercúrio... Em cima da mesinha-de-cabeceira, já sem envelope, a carta amarrotada de Lena, já deve fazer mais de dois meses... *vou ver se escrevo ainda hoje, peço à freirinha papel e lápis.* "A la gente le repugna ver un anciano, un enfermo o un morto, y sin embargo está sometida a la muerte, a las enfermidades y a la vejez" – Jorge Luis Borges, um portenho da Idade Média Moderna, em *Antologia personal* – era o único livro que vocês tinham em Londres, até o dia em que você entrou numa grande livraria e saiu com *Cat and Mouse* de Günter Grass

debaixo do casaco. *Essa frase de Borges se aplica como uma luva a nós dois; eu, o enfermo, e você, o velho e enfermo: a humanidade se repugna de nós, meu caro, e constrói hospitais para nos acolher, para nos isolar: como faziam antigamente com os navios com peste – constrói esses hospitais com um lamentável sentimento humanista (de culpa), com uma piedade judeu-cristã (autopiedade), e, como o navio de peste, interessa menos a cura do que evitar que os demais se contagiem – é tudo a mesma coisa: doentes, velhos leprosos, tuberculosos..*

..............................Você pensa: os milhares de doentes e velhos do mundo inteiro representam um pesado incômodo aos senhores bem-postos na vida, por mais isolados que estejam, são parte dessa humanidade piedosa: a parte pesada, inútil, um apêndice, mas ainda assim uma parte dela. Quando você não pode fazer nada para mudar o destino, deve arrumar uma maneira de atrapalhar. *Se eu fosse poeta escreveria uma canção do exílio.* É preciso esperar. Ter paciência, esperar: ver até onde as coisas vão; o mundo precisa mudar e você também – mais uns dez dias e você vai sair desse hospital (mais dez dias e o mundo continua o mesmo), sairá daqui novo em folha, pronto pra outra. Mas para onde vai? Não sabe. Vai fazer o quê? Não sabe. A freirinha falou num curso dado em inglês num instituto da América Latina, aqui na universidade, mas você precisa é arrumar algum trabalho, senão começa tudo de novo, a fome, o frio. Ser estudante, novamente? Você vai acabar é lavando pratos; as voltas que o mundo dá: zuummm! – se você não tem estômago não agüenta a velocidade; é como corrida de cavalos: quem caiu, caiu – e é absolutamente necessário chegar à reta final. Mas você não sabe; talvez nunca mais saia deste hospital, vai ficar fazendo companhia a esse velho, vai ficar igualzinho a ele: cara-de-figo-murcho mijando pelo chão, conversando com quem estiver por perto. *C'est drôle, mais aujourd'hui il n'a même pas causé.* Talvez não se sinta muito bem; sua filha veio

ontem, o que significa que hoje tem chocolate. Será que a freirinha consegue alguma coisa pra você ler? Há séculos que não sabe o que é um bom livro. Mas o que é um bom livro? Um bom livro é sobretudo e principalmente um bom livro. *Miklos, Marina, where are you? no mesmo bar? e Juan perdido naquela solidão de La Paz? e os amigos espalhados pelo mundo? mundo, mundo, vasto mundo – Raimundo é a puta-que-o-pariu.* O mundo está pequeno agora com o avanço da aviação e você podia pegar um avião e encontrar um conhecido no outro lado do oceano, mas como você não tem dinheiro, as distâncias continuam exatamente as mesmas da época de Marco Polo – e você fica no mesmo lugar, caminha, caminha, mas não adianta nada ....
....
....
.... O jornal fala em José Manuel, venezuelano que morreu com cinco tiros; tinha apenas vinte e quatro anos, abandonara a Europa para voltar definitivamente a seu país e uma arma qualquer tirou a sua vida – agora resta apenas na lembrança de uns poucos e mesmo a notícia do jornal vai amarelecer. *Eu tenho a mesma idade dele e estou aqui perdido na Europa, num quarto de hospital – mas a nossa geração tem o sol por dentro, cada um de nós é um pequeno centro irradiador de energia, o sol está dentro de mim e eu vou explodir*.. *tirar as mãos dos bolsos, desviar os olhos dos livros para o que há em volta, o sol dentro da gente queimando, alegria e desespero de ser latino-americano: a marca nos olhos, no rosto, nos cabelos, na cor da pele, dentro da gente...* E no entanto você sabe que quanto mais se sente necessidade de fazer alguma coisa, maiores são as dificuldades... o sangue ferve, o sangue dos inocentes que é derramado por vós. Você num hospital, um continente parado, é como se nada estivesse acontecendo, tudo na mais perfeita calma,

ordem, vida cotidiana, progresso... ou tudo continua o mesmo, seu primo, por exemplo, continua indo diariamente à sua imobiliária, planejando apartamentos para senhores bem-vestidos e senhoras imbecis, o pai de Gustavo e sua medíocre banca de advocacia, Lúcio dando sua aulinha de filosofia, perguntando se a *aretê* podia ou não ser transmitida na época de Homero – lê a *Paidéia* mas não lê jornal; e de repente os outros se apercebem: você conhece os corredores da coação..
....
....
....
....
....
....
.... Você sente nostalgia e impotência: sim, você conhece os corredores da coação na própria carne: e quantos da sua geração sentem a mesma angústia, jamais poderão ser o que desejaram ser, o que poderiam ser, e cedo ou tarde vão se ver obrigados a ser um dente a mais na engrenagem; o que mata o homem é a rotina; e você sabe.................... que você é uma minoria, que todo homem é uma minoria, enquanto não rompe o círculo – talvez isso seja um problema de sobrevivência também..
E tudo aconteceu de repente: sua vinda para o exterior, a fome e o frio, o hospital: você está nesse hospital a milhares de quilômetros de distância, com esse velho ao seu lado que lhe fala o tempo todo em chinês – e diariamente você assiste ao mesmo espetáculo: toda vez que o velho se levanta, numa lenta operação, dá a volta na cama e mija no chão, a freirinha imediatamente chega e passa um pito nele – o velho já deve estar com mania de perseguição –, mas acontece que, conforme a freirinha lhe pediu, quando ele começa a se levantar, você toca a campainha. Ele não consegue descobrir esse expediente, diz que todos estão contra ele, a

freirinha traduziu, você riu muito, a boca contra o travesseiro; agora já faz uns dez minutos que ele conversa com você, estará reclamando, ou então conta, quem sabe, segredos pessoais de quase cem anos de vida, numa vontade de transmitir a um jovem magro, abatido, que poderia facilmente ser seu bisneto, vivências de outras épocas – entretanto, o jovem que poderia ser seu bisneto não pode sequer entender uma palavra de seu estranho dialeto, e mesmo assim ele prossegue numa cantata monótona, com pausas de descanso e respiração, pontuadas com desconhecidas interjeições, logo em seguida recontinuando na seqüência lógica e mágica da história sem fatos nem sentido que ele lhe transmite, quase como um legado – palavras desconhecidas que nada lhe revelam, pigarros, angústias que não lhe tocam, lamentações que batem em você e se perdem no vazio do quarto, até que o velho ressone novamente, se mexendo na cama, consiga novamente dormir: ele é um homem sem história – não é falta de sensibilidade sua, mas assim é –, você poderia reconstruir seu passado, reatar os fios de acontecimentos que o levaram dezenas e dezenas de anos depois a essa cama de hospital, a essa solidão protegida, a essa espera consentida da morte; é preciso que o tempo passe e a morte chegue, e para que o tempo passe é necessário desenrolar as palavras que durante tanto tempo ficaram presas, girando dentro dele, como sangue que o fizesse viver. O velho fala, você escuta; e esta é a única forma possível de conversa, pois em tudo vocês são diferentes: na época, na língua, costumes, crenças, preconceitos, países, amores, ódios, etc. – e no entanto ele lhe lembra um pouco o seu avô e suas estórias libanesas. *Meu avô não era tão velho como você mas tinha o mesmo aspecto, essa espécie de fumaça nos olhos já acostumados a olhar mais pra dentro de si mesmo do que para o que há em volta; meu avô ficava parado na frente de casa, conversando com quem passasse e estivesse disposto a escutar, mexia também com as empregadinhas; mas você, meu caro, é bem mais velho que ele, para falar a verdade nunca vi ninguém tão velho quanto você: é que no meu país as pessoas morrem cedo, em alguns estados, por exemplo, a média de vida não passa dos trinta anos; você representa três vidas de um homem na minha terra, lá você seria igual a três homens – mas não se espante, você é que é o normal: mas é muito tempo de vida, não acha?* Daqui a pouco chega a hora de passear no pátio; ontem foi o primeiro dia que você saiu do quarto, ficou uma hora caminhando ao sol – o pátio cheio de doentes velhos, todos eles velhos: você é o único moço aqui nesse hospital, e os velhos ao verem sua figura esguia, vergada, passeando com as mãos nas costas, dorso inclinado para a frente, o ar distante no rosto branco – todos eles olhavam você como se fosse um animal estranho, olhavam você como se fosse um louco; quando você conseguia olhar um deles nos olhos, ele imediatamente disfarçava, comentavam entre si em voz baixa, num sussurro sem cuidado algum de dissimulação: eles pensariam estar vendo um marciano, um ser diferente e inesperado, um inoportuno, sim, pois o que estaria fazendo ali um jovem num lugar que era de direito dos velhos? – maior afronta não poderia haver que sua simples presença, estranha e moça. *Sei que sou uma afronta a esses velhos-mortos, independente da minha vontade, eu sou uma ofensa, desculpem, meus caros, mas venho de outro mundo e não sei para onde vou* – e de nada adiantaria vocês me dizerem em coro todas as verdades do mundo, pois elas não me fariam sentido: *só todos juntos poderíamos tentar ser livres* – mas por enquanto, encurralados, teríamos de caminhar em direção à saída, um por um.

FAZER PESQUISAS *formais com a poesia*
como quem lapida brilhantes
que acabam nos dedos das senhoras inúteis.

Como quem corta madeira
e a esculpe
para enfeitar as estantes das senhoras inúteis.

Desculpe,
prefiro a matéria bruta.

NO MEIO DA NOITE, VOCÊ ACORDOU com um pesadelo – como se já não fosse suficiente o pesadelo em que tem vivido –, você gritou no meio da noite e a freirinha veio até o quarto saber se o que é que estava acontecendo, se você estava precisando de alguma coisa; você já vive acordado num sonho pesado, uma vida tumultuada, absurda – quando vai ter as coisas com certa ordem, cada coisa em seu respectivo lugar, certa tranqüilidade? Nunca – responde uma voz de longe: você olha para o lado, pensa sem nexo ter vindo a resposta do velhinho que dorme no escuro; e agora você não consegue mais dormir: é um sinal de que a sua vida não anda bem mesmo, alguma dúvida?, pois você nunca teve problemas de sono; nada há que acorde o velhinho, que ressona, faz barulho dormindo; você olha para o escuro do teto; e fica muito tempo assim de olhos abertos, lendo a escuridão, olhando para além de você mesmo, entrando futuro adentro, voltando ao passado, misturando as coisas – por alguns segundos sua vida e sua imaginação passam a ser uma única coisa: agora você cria seu futuro, tem esse poder: ainda que venha a ser completamente diferente: você vê as coisas pretas como seu quarto, mas logo amanhece; o que está em volta de você, o escuro, o espaço, o ar, o silêncio, o ressonar do velho, se misturam com as palavras não-ditas em seu pensamento, nada mais tem margens ou delimitações, tudo uma coisa só; você parece ter engordado uns três ou quatro quilos aqui nesse hospital; mais uma semana e deve ir embora – pensa "deve ir embora" como se tivesse um lugar para ir: quem vai, vai para algum lugar. Mas eu, não: eu desrespeito o verbo por razões reais: eu vou e ponto! – só em teoria as frases precisam terminar, pois às vezes isso é impossível, compreende? principalmente no meu país que é um país onde as frases não terminam, ou melhor, onde as frases só terminam aparentemente; se o velhinho perguntasse como é o meu país, eu responderia assim: é um país de uma estranha e irônica dialética: as coisas nunca são ou não são, elas são e não são ao mesmo tempo; quando alguém tem uma opinião, ele é a favor, mas... ou então ele é contra, mas... os políticos são artistas: o que seria deles se não existissem os "mas", os "poréns", os "todavias"? as palavras e seus excessos! assim, meu velho, escrever na grande tradição brasileira é escrever não dando atenção ao sentido das coisas: o que importa é escolher bem as palavras, empregá-las de acordo com suas prováveis belezas – o estilo é o homem, não sabia? pois já dizia Rui Barbosa, aquele que esteve em Haia. Mas você não sabe escrever? Então, não tem estilo; logo, não é um homem. Na realidade, as palavras soltas, frouxas, a palavra pela palavra, sem ligar ao que ela corresponde; assim, se tenho vontade de escrever a palavra "Lelese" – que não sei o que significa, não sei se existe, mas que acho bonita –, escrevo, sem maiores explicações: Lelese, meu amor – vou me embora pra Lelese – para a felicidade reinar em seu lar, use Lelese dos pés à cabeça – Lelese, o problema do século só Lelese dá ao seu carro o máximo – sente-se mal? dói o fígado? beba uma colher de Lelese antes de dormir – Lelese: a pausa que refresca – aquele algo mais que só Lelese lhe dá – a infiltração lelesiense na nossa juventude – o movimento zumbista renovou a arte brasileira, principalmente pelo caráter lelésico de seus componentes – por causa da lelese, o continente latino-americano está menstruado. Pois é, assim, estamos conversados; e se Rui Barbosa disse, está dito, bendito, maldito. Volto na próxima semana. Ou amanhã.

*Mañana por la mañana. Nunca deixe para depois de amanhã o que você poderia ter feito anteontem. Quem não tem cão, caça com cachorro – como dizia o velho deitado – quem não tem cão, caça com a espingarda. Tudo depende das circunstâncias. É, sim, não, não, é relativo: se você mora no interior, por exemplo, e ainda for um moleque, você pode caçar com bodoque, mais conhecido como estilingue ou atiradeira, embora haja autores que sustentem que a atiradeira não passa de uma forma primitiva de estilingue – a usada por Davi contra Golias, por exemplo. Sim, sim, o idioma nacional é muito rico, quem é pobre é o povo (por isso ele é chamado de "idioma pátrio")..
Você já foi à Bahia? pois então, vá. É triste, pois. O brasileiro é alegre, não vê o carnaval? Ainda bem que nossa tradição é pacífica – esse país não anda pra frente por causa da mistura de raças, da mistura de português com o negro e com o índio, você vê, os Estados Unidos foram colonizados pelos ingleses, ah, os ingleses... essa é a diferença, mas de qualquer forma esse é o país mais rico do mundo..................... o povo é pobre, sim, porém preguiçoso.............. estamos conversados, e ponto final. Eu pessoalmente prefiro o ponto-e-vírgula: é mais elegante, questão de estilo, e o estilo, como sabeis, é o homem. Por isso; quanto; mais; você; tropeçar; em; ponto-e-vírgula; maior; é; o; escritor; que; você; tem; pela; frente. O homem que não tem estilo, o que é? É ladrão de mulher. Um dia recebi uma carta que terminava com um "abraço da amiga anônima", e logo embaixo vinha a assinatura. Esse país é uma beleza, afinal de contas os costureiros franceses estão cheios de manequins brasileiros e..
....
quando Rui Barbosa foi a Haia, por exemplo – sabe onde fica? – respondia na língua em que era contestado, sabe lá o que é isso?*

(Sorte dele que não havia nenhum javanês no recinto.) E depois foi para Londres ensinar inglês aos ingleses... E no Concurso Miss Universo já ficamos várias vezes entre os primeiros lugares – a brasileira é a mulher mais bonita do mundo! Não, a Raimunda não conta. Pra não falar em futebol, três vezes campeões... E a bossa nova é tocada no mundo inteiro – bem, as gravadoras são americanas, mas isso é outra estória............ Minha terra tem palmeiras onde canta o sabiá, as aves que aqui gorjeiam não gorjeiam como lá. Todo brasileiro é poeta aos quinze anos, Deus é brasileiro, logo, foi poeta aos quinze anos (comprar o volume "Poesias completas" de Deus)... Esculhambação é uma palavra autenticamente brasileira, sem antecedentes europeus – enquanto o sono não vem eu brinco com as palavras no escuro, "aqui a rádio Pernambuco falando para o muuunnnnndo!" A praça é do povo, como o céu é do condor!..
..
..

As ruas cheias: automóveis, beatas autênticas, beatas falsas, filhas de Maria e os filhos de Pedro, crianças e batedores de carteiras, etc. etc., e as armas e os barões assinalados... Silêncio, silêncio; o silêncio enchendo o quarto, e o velho desaparecendo no sono tranqüilo e inconsciente, para reaparecer amanhã, levantar-se lentamente e dar a volta na cama e mijar solenemente no chão; e o velho irá conversar com você em chinês, ou hebraico, ou grego vulgar – você sempre sentiu atração pelos velhos, costumava ficar conversando com seu idoso avô, na porta de casa – "O Líbano é uma santa terrinha, meu filho, mas aqui é melhor". Dentro de seis, sete dias, você vai embora, cinco quilos mais gordo abandonará esse hospital – com energia suficiente para olhar os outros no rosto. Em Londres, você ouvia muita bossa nova no rádio do quarto. Os jornais diziam que estouraram guerrilhas na Bolívia, seu amigo Juan deve estar louco de medo. Você precisa ir ao banheiro, há dois dias que não vai. Quando sair daqui se matricula no Instituto da América Latina, onde existe um curso em inglês – foi o que a freirinha falou. Se você tivesse um cigarro agora... – Você é uma pessoa complicada. Talvez não, talvez você seja uma pessoa muito simples, o mundo é que é complicado – você deveria ter nascido na Idade Média. *Mas eu vivo na Idade Média Moderna.* Essa paisagem velha, esses homens velhos – onde anda sua juventude? Como pode ela viver dessa forma? Você se preocupa demais, melhor seria que se dedicasse exclusivamente a alguma coisa... *Nós vivemos na Idade Média Moderna. Quando eu estudava direito, vivia implicando com o direito natural, o cinema é mentira vinte e quatro vezes por segundo, durante vários anos eu tive uma gata chamada Tigrinha, depois me tornei poeta pois sou brasileiro e já tive quinze anos, um dia tomamos uma bebedeira e o Baltazar jogou Serginho dentro do lago da praça, foi nessa época que conheci Quintana, a gente vivia recitando Mário de Sá Carneiro e Pessoa, hoje os grandes poetas não escrevem mais poesias............. os poetas românticos, das armas contra os barões assinalados e assassinados, e arma virumque cano: eu canto as armas e os homens*

....

....

eu canto as armas e os homens desse planeta louco, música de Villa-Lobos ao fundo, o caos geral: quando uma pessoa diz que as coisas são muito simples e que há explicação para tudo, é que está se utilizando da muleta de um sistema de raciocínio não muito adequado, dessa forma está se defendendo da loucura e do desespero – mas não se aproxima sequer da verdade, fica à margem do que está acontecendo de fato, e essa juventude tem o sol por dentro, um dia estoura, ou então arruma emprego certinho como as gerações anteriores – meus amigos espalhados pelo mundo..

....

e nossa geração não vai dar conta, mas vem uma outra que não vai repetir os nossos erros e aí então. O velho se remexe, muda de lado, talvez queira mudar o rumo de seus sonhos; você fica olhando para ele, na expectativa de uma desgraça que não vem. Sente novamente vontade de fumar, o sono perdido, as palavras soltas na mente em ebulição: recordar não é viver, você sabe disso, mas nada pode fazer; e fuma seu cigarro imaginário, os olhos cheios de fumaça. *Eu nada entendo de questão social, eu faço parte dela simplesmente. – Hein?! – Eu nada entendo de questão social, eu faço parte dela simplesmente. – De quem é isso? – É do Quintana*................ Os versos memorizados com emoção – assim eram as conversas: todos se entendiam. Vocês bebiam muito, demais para a idade que tinham. Um dia Baltazar jogou Serginho no lago da praça. Manuel vivia com uma professora quinze anos mais velha que ele: É a minha Condessa. Rilke não tinha uma condessa? Eu também tenho. Era o melhor poeta, mas nunca publicava, andava com os versos nos bolsos em folhas mal batidas a máquina: já tinha três livros preparados. Manuel era mais velho que vocês, bebia diariamente: *seis anos depois encontrei com ele no Rio de Janeiro, sem condessa, sem falar em seus livros e bebendo até cair; Baltazar, Serginho e eu – nós aprendemos a beber com ele, e a ler Pessoa; agora, cada um num lugar; e eu estou aqui e o mapa da minha vida está no meu rosto magro, desenhado nos olhos, essa mistura de tristeza e ódio: os olhos nas órbitas, as órbitas no rosto cheio de espanto; impossível que esse velhinho compreenda – e Lena também nunca compreendeu: só hoje chego a essa conclusão. A gente mitifica muito as pessoas*..

.... Prepare-se para a vida: já está passando da idade de apenas vislumbrar os contornos do mundo – daquela idade em que acha que pode mudar o mundo; pode dar uma pequena contribuição para essa transformação – mas só disposição e juventude não são suficientes. Uma parte de sua vida terminou, e você agora está num hospital há milhares e milhares de quilômetros de seu primitivo ponto de referência. Outros surgirão. Amanhã você vai dormir o dia inteiro, *se o senhor permitir, meu velho, não ficar desenrolando seus casos absurdos*..
....

Lena, a gente quase morre de uma paixão... depois, apenas um nome numa noite escura e insone num quarto de hospital. Lelese, teu nome é mulher: desde que saí de Londres desconheço o que seja uma mulher... O português ainda vai ser uma grande língua, quando perder seu ar discursivo de agora; quando deixar cair os adjetivos: a língua que vai surgir mais tarde, em cima do falar macio do carioca, dos modismos simpáticos do homem do interior: hoje são as palavras, amanhã serão as frases, as construções completas. Entende-se que hoje assim seja: nada melhor do que uma adjetivação sufocante para esconder o substantivo..
....
....
....

e as palavras foram mudando de sentido, perderam-se dentro de uma realidade complexa: às vezes, ou quase sempre, as palavras só atrapalham – o país das palavras soltas pelo ar: é um processo lento até elas solidificarem seus próprios conceitos, através da história. No meio da noite – longa é a noite quando não se dorme – eu penso inutilmente, e penso com palavras. Você não sabe as horas, mas é tarde, talvez cinco da manhã; se estivesse num quarto sozinho poderia acender a luz e escrever uma carta para Lena, a freirinha já lhe trouxe papel e lápis. Seus ouvidos prestam atenção, você está escutando, *ouço batuques e músicas e violões: é preciso reinventar os sons para que o silêncio não nos mate de tédio, poesia também embebeda (quando você é moço) como o álcool;* agora sim você sabe o que é fome, só você sabe o que passou antes de chegar aqui no hospital; *a noite, a noite, as bebedeiras: a noite é uma criança – nunca consegui entender o sentido dessa frase* A noite é uma criança – você gostava de poesia, hoje tenta não gostar mais; como Rimbaud, quer se livrar da poesia, mas talvez tenha sido marcado demais por ela. Não pelo sucesso do seu movimento zumbista – "um movimento ético-poético" –, de que você soube tão bem se livrar na hora precisa, mas marcado mais profundamente, por dentro. No começo da adolescência, foi com ela que você foi crescendo: a cada etapa de sua juventude havia um ou dois poemas que eram uma espécie de degrau por onde você subia até um ponto qualquer, para depois não ter mais serventia nenhuma. Raimundo Correia, Gonçalves Dias, Camões, Machado, Sá Carneiro, Fernando Pessoa, depois Bandeira, Drummond, João Cabral. Finalmente, a procura angustiante, os primeiros poemas inéditos, os primeiros poemas publicados. O movimento, a fama. O descontentamento, as crises sucessivas. Artigos para jornais. Trabalhar em banca de advocacia. Agente de cantor. Pensou em fazer cinema, foi assistente de direção de Cláudio Mauro em *Triste fim de Policarpo Quaresma.* Política estudantil. A procura ávida interrompida pelas crises maníaco-depressivas ou qualquer coisa parecida. Viagens pelo Brasil. Finalmente a decisão de ir para a Europa – essa decisão forçada que o marcou até hoje. Muita coisa até chegar a essa

cama de hospital, distante de tudo e de todos, com seus vinte e três tristes e frustrados anos. Você não queria o sucesso, na hora que começou a tê-lo, desistiu: agora agüente a queda. *Eu venho de longe: da praia de Copacabana ao inferno de um país estrangeiro, sem dinheiro, sem perspectivas. Você já passou fome? Pois então passe. Os barões, os tubarões: as armas e os barões assassinados / que da ocidental praia de Copacabana / por mares nunca dantes navegados / passaram ainda além...*
Eu, Cláudio C., brasileiro, vacinado, maior de idade, reservista de terceira categoria, vinte e três anos, um metro e setenta, sessenta quilos aproximadamente, nascido no período que vai do fim da Segunda Guerra Mundial à bomba de Hiroxima, sob o signo revolucionário de Aquário, no sul do país, na cidade de Barro Vermelho, indivíduo de alguma experiência de vida e de cultura razoável (tendo em vista o meio), fundador do movimento zumbista, em pleno exercício de suas faculdades mentais, com um leve desequilíbrio neurovegetativo, poeta e zumbista frustrado, autor de obra inédita e inacabada, realizador de filmes imaginários, loucamente apaixonado, em priscas eras, por uma morena de óculos chamada Lena – (esse livro poderia se chamar *Curriculum Vitae* ou *Todo homem é minoria*) – *impossibilitado de dormir numa noite de inverno de 196... no longínquo país de Lelese, depois de muito refletir, as palavras saindo livres da mente confusa* – (são cinco horas da manhã, o velho dorme, o mundo dorme) – *depois de tentar infrutiferamente passar sua vida a limpo, chega à conclusão* – (a freirinha até que tem um bom corpo) – *depois, digo, de muito pensar, declaro, na certeza de não estar falando em meu simples nome pessoal* – (eu poderia pôr um título de western, "Com o dedo no gatilho", ou numa homenagem à literatura policial, "O caso do jovem zumbista") – *declaro que alguém deve ser responsável pelo absurdo inconcebível em que se tornou minha (nossa)*

vida, anulando qualquer possibilidade de futuro, excluindo-nos de uma certeza quanto à realização pessoal e conjunta. E assim foi e assim está feito. Outrossim, subscrevo-me atenciosamente, Cláudio C. (Assinado, datado, firma reconhecida.)............................
....
Mas deixa estar, Jacaré, que a lagoa há de secar. Voltaremos. We'll meet again / I don't know when / I dont't know where / But we'll meet again... E vamos começar tudo de novo, desde o primeiro tijolo............ as palavras vão para segundo plano, é chegado o tempo do gesto..
E na verdade nós somos os sonhadores do absoluto tentando falar em nome dos condenados da terra, contra os barões assinalados. E eu não passo de um suicida... a caminho da recuperação; um suicida de terceira categoria... pois tenho pé chato e um pé chato não representa perigo. Estou ficando cansado, não encontro posição na cama. Queria ser escritor, mas escrever é o medo da página em branco: é ter humildade e ao mesmo tempo uma profunda ousadia ou desrespeito. As idéias dentro da cabeça, no meio da noite – um rodamoinho:...
.... não tenho mãos para apanhar todas as palavras espalhadas na noite e tenho vinte e três anos são cinco horas da manhã mais ou menos e estou cansado sem encontrar posição na cama tenho vinte e três anos e não tenho nenhuma culpa disso antes eu tive vinte anos e conheci o sucesso agora sou só responsável pelo que penso mas tenho lamentavelmente pés chatos aos vinte anos a gente acredita que pode mudar as coisas e fica espantado com a calma dos adultos com a aquiescência dos mais velhos como se houvesse um pacto entre eles e o mundo torto dentro de uma semana eu começo a viver tenho o futuro que não existe nas minhas mãos e alguém perguntará se tu choraste em presença da morte em presença de estranhos choraste tu meu filho não és (Y-Juca Pirama) libertas quae sera tamen (Tiraden-

tes) venceremos (Sepé Tiaraju) luto pela liberdade (Frei Caneca) e Juan costumava dizerme cago en la puta madre this is a mad mad mad world............... me cago en la puta madre grito de guerra na tarde que cai na noite e é preciso falar falar para espantar os demônios da noite e o tempo as palavras subindo à boca aos borbotões e transbordando e caindo ao chão molhando o quarto o escuro a cama e o velho as palavras vêm do estômago ficam guardadas num cantinho a noite é uma criança assassinada que usa óculos e que se chama Lena o país que eu conheço é diferente e eu como a vida às fatias a colher cheia na boca sem mastigar mentira mentira mentira Nelson meu poeta eu morava na Avenida Oswald de Andrade você vem pela Rua Jean Vigo entra no Beco Mário Quintana continua pela Carl Dreyer dobra a Rua Cesare Pavese à esquerda e no final é a Avenida Rabelais onde moro e estamos conversados e sou primo-irmão de Arthur Rimbaud e no ano passado em Lelese eu te conheci Lena ou foi o ano passado em Araçatuba, e je ne connais rien à Hiroxima mas você se chama Nevers e vinha de azul os óculos não conseguindo esconder os olhim brilhantes e nervosos e um sorriso sem jeito uma timidez acostumada e você vinha de azul como a mulher de Chagall e conversou sobre política e sobre cinema você queria estudar cinema na Polônia você se lembra mas queria antes terminar o curso de direito pois estava já no último ano no dia seguinte fui jantar com você e quando saímos para dar uma volta e fazer a digestão encontramos meu amigo Bob Grey naquela época eu estava com problema de apartamento e precisava me mudar e você estava de azul e seu azul entrou nos meus olhos com seu sorriso e ficou guardado até hoje e hoje eu revelo como se fosse uma fotografia nessa longa longa noite de loucura a noite é uma criança assassinada Baltazar jogou Serginho dentro do lago da praça e o Gil pediu um copo de vitamina de abacate e atirou inteirinho no Gustavo e o Gustavo queria brigar mas era louco e neurótico e logo

*depois estava de abraços com Gil um dia vou escrever "As aventuras de Robert Grey" e logo depois estava de abraços com Gil o riso no rosto que odeia nós somos aqueles que dizem não nós aprendemos a dizer não mas não se enganem nós acreditamos em alguma coisa mas àquilo que vemos à nossa frente dizemos não il faut toujours dire non e sorrimos e rimos às gar-gar-galhadas e escolhemos a loucura porque era o único caminho que podíamos seguir porque a escolha que nos deixaram foi ENTRE A LOUCURA E A ALIENAÇÃO digo o desespero a nossa loucura vem do desespero nós somos OS DESESPERADOS MAS COM UM OUTRO TIPO DE ESPERANÇA não passo em verdade de um pequeno burguês e saindo daqui não sei o que vou fazer com o verão deve haver trabalho ESTAR NO ESTRANGEIRO É ESTAR DIVIDIDO vou conversar com o médico quando ele chegar é um bom sujeito eu é que sou um pequeno burguês e é preciso ME LIBERTAR DISSO COMO QUEM JOGA FORA UMA ROUPA VELHA por falar nisso preciso buscar minhas roupas no tal hotelzinho vagabundo Marina é uma prostituta vinda de Leningrado e de bom grado me atendeu com uma média ou chá sei lá e há quanto tempo eu não sei o que é ter a tranqüilidade das boas consciências burguesas porque EU SEMPRE VIVI A CONTRADIÇÃO e hoje trato apenas de jogar fora minha roupa velha il faut escrever para Jim em Londres para ver se me mandaram alguma coisa afinal de contas também eu tenho família aprender a língua do país pelo menos o suficiente mas é muito difícil vouz avez le mal du pays ontem a freirinha me perguntou e eu tentei fazer um trocadilho mon pays c'est qui a un mal mas acho que não fez muito sentido e todos os meus problemas se resumem em arrumar uma posição confortável na cama para meus ossos sofridos e de repente me chega certa tranqüilidade e vontade de fumar um cigarrinho eu tenho o mal do país em mim e tenho o país do mal em mim ....
....*

....
....
e então comecei a escrever "Sifilização" mas não cheguei a terminar "Sifilização" é minha maneira de continuar presente no Brasil e por isso escrevi é meu romance inacabado se é que seja romance inacabado porque essa liberdade eu tenho a liberdademito que só existe POR UM FIO pois SER LIVRE É ANDAR NA CORDA BAMBA nosso futuro não é mais o mesmo precisa agora ser reinventado e assim de longe o meu país é uma coisa interna e só o sinto por dentro misturado com meu passado pessoal pois afinal de contas o que é ser brasileiro afinal de contas o que é ser latino-americano ponto de interrogação ponto de interrogação .... é ter tudo em excesso o entusiasmo o gosto da derrota o amor e o medo da morte e o fascínio a coragem de assumir o medo o medo de assumir a coragem ou de fugir dele o machismo o medo de ter coragem a profunda alienação a profunda sensibilidade é ter (sentir) as coisas misturadas entre a cruz (a cruz que vem da infância) e o diabo (que vem de fora) é ter coragem e medo e ternura e raiva saber beijar mas não recusar o mal e sobretudo ter vinte anos e UMA PREOCUPAÇÃO VELHA COMO A HUMANIDADE e habitar o país do mais ou menos e nesse caos conseguir a ordem de uma vida entre o desespero e a alienação mon coeur balance e ser livre é andar na corda bamba e um dia a gente cai e cai bem é manhã manhã comum de inverno inferno e eu não dormi e me entrego a pequenas e insignificantes divagações e instituições e lamentações lítero-filosóficas e tudo é tão ridículo nessa hora da manhã como o velho mijando aos pés da cama eunadaentendodequestãosocialeufaçopartedelasimplesmente enterrar anular ultrapassar o passado que já passou mas que permanece eu quero uma segurança que não sei onde está uma tranqüidade por dentro entende fazendo parte do funcionamento do aparelho digestivo e em Paris eu amei Nicole e Nicole tinha escrito na capa

do seu diário "vivre / amoureuse de vivre à en crever / vivre à en crever" ah Nicole les jours suavages os belos dias de Paris você tinha dezoito anos em Paris e era primavera e você vinha da África e tinha a indolência tropical na alma e no corpo magro e esguio que eu beijei a indolência isto é a sensualidade você vinha da África e era uma deusa branca que amorteceu meu desespero de chegada e de repente tudo terminou tão de repente como tudo começou Paris é grande e o amor uma roleta muito difícil de se acertar mas você se lembra e eu me lembro Paris é grande e você tinha um passado e eu tinha um passado e tínhamos apenas nos encontrado num ponto qualquer e seguiríamos construindo nossos diferentes futuros com nossas mãos NÃO É COM LIRISMO QUE SE TECE O AMOR MAS COM VIVÊNCIA CONJUNTA e Juan ia para Londres no seu carro e eu fui com ele Chelsea e aquele restaurante perto de Trafalgar Square uma experiência a mais na vida meu sorriso eu perdi nos dias descalços da infância com você ele voltou Nicole porque a gente foi louco por algum tempo o mundo não importava depois o sorriso se recolheu e a gente ficou sem palavras os rostos melancólicos my melancholic baby Billie Holliday cantando com solo de Charles the Bird Parker nossa tristeza é esse blue em "Parker's mood" nós saímos pelas ruas de New Orleans com Louis tocando à frente depois nos recolhemos para ouvir Jacques Brel e Baden no seu pequeno apartamento do XVIème. Arrondissement onde você fumava haxixe e eu queria escrever um panfleto que abalasse o império (porque foi no império que os panfletos tiveram vez) e você meu velho fica aí dormindo e quando fala fala língua que nenhum cristão entende melhor seria que não falasse mas você está melhor do que eu não adianta invejar minha juventude que não existe você já viveu o que tinha de viver e agora espera a morte tranqüila possui uma calma conquistada com os anos uma calma sofrida vivida fazendo já parte de você mesmo como se fosse seu próprio sangue e eu tenho de espe-

rar e é isso que mais me agonia pois tenho de esperar sem saber o quê ou por quê o futuro que não conheço está nas minhas mãos frouxas que não conseguem segurá-lo às vezes dormir é o melhor remédio dormir dormir talvez sonhar o quarto agora é claro a luz da manhã entra silhuetando a janela dentro de pouco tempo a freirinha vai entrar com o petit déjeuner eu queria escrever um panfleto mas acabei escrevendo o monólogo de um idiota quando jovem a vida escorrendo devagarzinho a água no copo descendo pela garganta um frescor e os cigarros fumados se houvesse cigarros para fumar e a luz se esparramando o velho se espreguiçando os barulhos se acordando de par em par muda o mundo o mundo muda você mas você não nota porque não quer notar na estrada da vida há estradas que vêm e há estradas que vão e você não pode ir pela estrada que vem e não pode vir pela estrada que vai e a manhã chega e você nem vai nem você está parado de olhos abertos espantados com o mundo vasto mundo incrivelmente parado na incrível manhã que se aproxima a passos de gato mas manhã igual a de ontem manhã soando como mãe mas com gosto de desespero na boca manhã manhã manhã manhã manhã quando você/eu deixar de ser tronco de árvore você/eu vai começar a viver porque tronco de árvore é mictório de cachorro e de repente é novamente noite é novamente noite Nicole Lena Nico-Lena amor perdido e Miles Davis está ensaiando na varanda da minha casa e uma mulher chora ao lado e eu sei quem ela é embora a tenha perdido e devo passar a aceitar isso e não ficar repetindo sempre a mesma relação com todas as mulheres do mundo porque todas as mulheres do mundo não fazem mais sentido e eu acordei muito satisfeito quando percebi que Miles Davis estava ensaiando na varanda da minha casa porque em primeiro lugar vos digo que a minha casa tem uma varanda onde Miles Davis estava ensaiando e eu sou um melancholic baby cantado pela Billie Holliday com Charles the Bird Parker fazendo o solo não sou mais do que isso sou Charlie Parker e o som que ele sopra fugaz fugaz nunca mais do que isso pois a eternidade morreu de gripe espanhola e Nelson Cavaquinho é o verdadeiro autor da Bíblia meu nome é Arthur Rimbaud e morri num pantanal boliviano me cago en la puta madre que me pariu eu sinto muito ódio dentro de mim por isso estou amando e me disseram que ela estava com câncer e eu senti a tragédia na carne e comecei a amá-la com câncer comecei a amar o câncer dela EU AMO O CÂNCER e nele posso me destruir o câncer da minha infância que só destrói o que é minha fantasia e minha fantasia é cada vez mais minha realidade EU SOU DEZ QUINZE PESSOAS AO MESMO TEMPO e sinto cem anos de solidão e rio muito do meu amigo usando uma gravata iluminada que parece um anúncio de férias de Miami um homem tem três metros de altura você não conhece Nicole que está em Paris me esperando te esperando esperando todo o mundo de braços e pernas abertos beijando a boca e o falo do mundo e ao meu lado tem um velhinho que ronca e quando está acordado começa a me contar estórias incríveis que não entendo mas na verdade a vida escorrega devagar na calma de um hospital geral onde uma freirinha me atende cristãmente e ainda vou comê-la como um simpático canibal e estou cansado vinte e quatro vezes por segundo DESCOBRI QUE ESTOU AMANDO O PRÓPRIO CÂNCER EM MIM e ela vai sair comigo um dia na minha imaginação e vamos juntos ouvir uma cantora maravilhável com câncer e tudo e o lirismo-força que vem dela de dentro e me empurra e eu não preciso mais agüentar cem anos de solidão basta a vida real vivida para estourar por dentro em milhões de bolas de excrementos em technicolor e O EXÍLIO É O CÂNCER e eu vivo nele porque minha pátria é minha infância por isso vivo no exílio e meu presente também por isso meu futuro não existe como posso dizer se vou para Nova York se estou num hospital geral com um velho ao meu lado e com saudades de Nelson Cava-

quinho que é a minha parte latinosentimentalíricapopular o pior de tudo é a realidade da fantasia as coisas que não são sendo por exemplo uma tristeza que é uma parede branca e lisa e dura na tua frente e il faut changer mudar todo nosso sistema nervoso como se muda as instalações elétricas de uma casa querer eu quero duvidar quem há-de je n'ai pas les moyens necessários e fico então assobiando "Parker's mood" enquanto o seu lobo não vem achei fantástica a estória do meu amigo Chico da menina que dançou tudo o que sabia e o que não sabia e quando não sabia mais tirou a roupa e arrancou os pedaços da sua carne e deu de comer à multidão pois a gente vive como se o mundo fosse acabar amanhã de manhã e antes que o tempo apodreça nossa carne il faut distribuí-la aos outros é o pássaro da juventude que tem vida breve como um organismo etcétera e tal sou autor de um filme inacabado que tem um balé sensual que gosto muito mas que ninguém vai ver falo muito em mim porque falo muito em mim A REVOLUÇÃO SOU EU mas não não não mas vai certamente nascer de mim porque EU ESTOU VIVENDO A CONTRADIÇÃO e o mais é o espanto de um menino assustado que passou fome e frio numa cidade distante porque só quem conhece essa prisão sabe o que significa o lado de fora o mundo acaba dali a três quadras e eu com ele de pura agonia eunadaentendodereformagráriaeufaçopartedelasimplesmente porque EU SOU UM HOSPITAL.

A CALMA APARENTE que tenho nos olhos
no rosto, nas mãos, no sexo,
é uma calma contida
— Pequena loucura atrofiada.
Não é a calma dos mortos.
Ao contrário: daqueles que sentem
demasiadamente a vida.
É a calma dos loucos e das prostitutas.
Da ansiedade com que se fuma um cigarro,
quando se tem cigarros para fumar.
Não é a calma da morte, mas da vontade da vida.
A calma longa e lenta
que antecede o primeiro soco.

VOCÊ SENTE QUE AS COISAS MUDARAM: as coisas mudaram muito mais do que você pensa, não que agora esteja bem de vida, estabelecido, longe disso, mas começar tudo de novo – expressão com que você se irrita tanto! – você tem conseguido. Quando saiu do hospital, há um mês mais ou menos, a freirinha lhe prometera conseguir emprego, o que de fato aconteceu; não um emprego ideal, mas razoável para a sua situação: as voltas que o mundo dá, agora você está trabalhando num restaurante de estudantes, lavando pratos. O problema é o horário que atrapalha um pouco – precisa estar lá às onze para sair às duas e meia, depois, das seis às oito e meia – assim perde a manhã, a tarde e a noite se quiser ter a manhã, a tarde e a noite em tempo integral. O curso no Instituto da América Latina, por exemplo, não foi possível segui-lo, mas eles lhe deram permissão para retirar livros da biblioteca, o que já é muito bom: existem livros em espanhol e poucos em português. Outra coisa boa que lhe aconteceu foi ter recebido dinheiro de casa, via Londres, mandado pelo Jim para a embaixada daqui, um dia você resolveu passar por lá e teve a grata notícia, e com esse dinheiro pagou o que devia no hotelzinho antigo e teve permissão de retirar sua mala, depois foi para outro hotel igualmente barato mas num quarteirão mais agradável, perto dos bares freqüentados por estudantes e artistas. Toda noite quando saía do restaurante ficava por ali: foi quando conheceu Sigrid, uma pintora loura e alta, de trinta e seis anos mais ou menos: ela vinha sempre conversar com você, interessava-se muito pela América Latina, é engraçado como certos europeus sonham com uma América Latina cheia de sol – uma América do Sol – e praias e descanso e samba e carnaval, e ficam apaixonados pela sua própria imagem do continente, um modo de descontar certa rigidez da vida européia – uma vida que nesse século teve seus momentos de grandes dificuldades com duas guerras mundiais em seu território, tornando as pessoas duras para enfrentar a realidade. Você e Sigrid acabaram ficando amigos, e um dia você perguntou a ela se não poderia morar no seu estúdio, no que ela concordou sem maiores obstáculos: há três dias que você está instalado num estúdio amplo, modesto mas bem montado, num canto meio à parte onde você dorme num divã – dessa forma quando Sigrid quer ficar trabalhando à noite não tem problema e o fato de você voltar do trabalho sempre tarde ajuda a harmonia entre vocês. Sigrid é muito simpática, boa pessoa. E é um dinheiro a menos que você gasta. *Preciso juntar dinheiro para ir embora, voltar para Paris ou tentar viver em Atenas.* Agora mais calmo, você escreveu para casa para saber como iam as coisas por lá e para tranqüilizá-los um pouco a seu respeito. Um dos primeiros conhecidos nessa sua nova fase de vida é Rafael, um argentino que anda perdido por aqui, dá idéia de ser um *flâneur* obcecado com as mulheres da cidade, não que elas sejam excepcionais, são mesmo um pouco indiferentes, mas vão para a cama como se bebe um copo d'água, e como muitos e muitos latino-americanos, Rafael vem de lugares onde se relacionar sexualmente com uma mulher é algo complexo que exige tempo e dedicação, e como tantos outros latino-americanos, frente a essa facilidade aparente, ele sucumbe, isto é, vai ficando e a única estabilidade que consegue é a sexual, mesmo assim uma estabilidade que exige sempre mais e mais e acaba sendo, na realidade, a mesma e velha instabilidade. Rafael deve ter vinte e oito anos e disse que em Buenos Aires era cenógrafo de teatro e que veio para a Europa estudar decoração de interiores, coisa que até hoje não conseguiu fazer; fala razoavelmente a língua local, o que facilita suas conquistas diárias. A essa mesma razão, meu caro Cláudio C. – o fato de você não falar essa língua –, deve-se seu isolamento (pelo menos assim você gosta de acreditar). Mas e Sigrid? Você ainda não tentou nada com ela, porque não houve oportunidade e também porque ela não é muito o seu tipo. Na verdade, vem pouco a pouco se acostumando com a solidão, amenizada aqui e ali numa conversa de bar, num encontro fortuito, mero contato de peles. Você se recorda de um dia nos jardins de Luxemburgo, com Nicole e Sabine, uma amiga dela casada que estava querendo aprender português: um sábado à tarde, passeando e batendo fotografias. Nunca chegou a ver uma dessas fotos, Nicole depois contou que Sabine estava querendo se separar do marido e ir embora para o Brasil: ela era boa, você achou, mas fazia aquele charme excessivo que as francesas costumam fazer com os estrangeiros, mostrando um aspecto de independência, mas ao mesmo tempo ficando na defensiva por causa da imagem que elas sabem que têm para um estrangeiro – depois ela se aproximou um pouco mais de você e embora Nicole não chegasse a reconhecer que estava com ciúmes, ficou uma semana de mau humor; você fingiu não entender o apelo de Sabine, pois estava mais interessado em Nicole: mas agora faria outra escolha: se voltar a Paris vai procurá-la, se é que ela não se mudou para o Brasil. Onde você morava anteriormente era ponto de encontro de homossexuais e lésbicas, os bares da proximidade: a cidade tem uma vida noturna muito intensa, e por volta da meia-noite os bêbados começam a se levantar das mesas e ir sabe-deus-pra-onde; o engraçado é que você não está acostumado a ver homens e mulheres embriagados pelas ruas, pois de onde você vem quase que só os homens parecem se embriagar. Muitos boêmios e artistas por aqui. Os quadros de Sigrid não são bons – você pelo menos não gosta –, ela disse que já expôs na Suíça e vendeu todas as telas, e aqui parece que o governo dá uma ajuda aos artistas, mesmo aos escritores, uma mensalidade por mês e a única exigência – o livro pronto – é que seja publicado numa das editoras daqui; é uma boa solução para quem deseja se dedicar à sua vocação: as pessoas ficam livres para criar, embora muita mediocridade possa viver à sombra disso, mas não esqueça que os medíocres também fazem parte da paisagem, eles também precisam se justificar. Você não consegue entender muito bem esta cidade, ela lhe escapa por entre os dedos finos, tem coisas que você gosta (poucas) e outras que você não suporta (muitas), talvez seja o seu próprio tempo das vacas magras que não lhe sai da cabeça, que você não esquecerá tão cedo, que está dentro de você: virou um bloco de gelo de ódio concentrado; mas se conseguisse raciocinar direito veria que a culpa não é só dos habitantes daqui e só um pouco sua – embora isso de nada adiante. Você pensa: eles poderiam ser mais simpáticos. Mas, objetivamente, por que razão? Terão eles a obrigação de ter calor humano para com você, adivinhar quem você é, o que é que você está precisando, etc.? Acontece que você está por baixo, e as circunstâncias fizeram com que isso acontecesse aqui e não em outro lugar, nesta cidade que já tem a sua história própria, mas a mesma situação poderia acontecer – e tem acontecido e com tantos outros – talvez mesmo na sua tão querida Rio de Janeiro, ou em Atenas, ou Estocolmo; você não deve (porque não pode) ser rigoroso em seus julgamentos; não deve ter preconceitos, mas sim trazer o peito aberto para aceitar as coisas como elas são, para melhor compreendê-las, em toda sua amplidão. É uma questão de saber viver, *savoir vivre;* ainda no Brasil você não contava mais com a família, mas os amigos, a mesma língua, mesmos ideais, coisas feitas em comum, tudo funcionando como uma espécie de prolongamento familiar. Você dizia: família é o egoísmo amplificado; presume-se que você soubesse que era necessário ultrapassar o sentimento pequeno de família. A vida é mais aberta: a vida deve ser como uma aventura, você deve ter dentro de você esse sentimento de aventura: esqueça problemas pequenos de segurança pessoal, tranqüilidade, etc., isso não passa de cacoete pequeno-burguês, você dizia. Mas hoje duvida: a vida pode ser total, a aventura não pode ser total, você deve cultivá-la mas deve também controlá-la quando for preciso, e se você foi longe demais em sua aventura, aproveite isso e fale por quem é mudo, pois você vê e existem cegos, você escuta sons e existem surdos. Não é mais o problema de sair à procura de você mesmo – o "conhece-te a ti mesmo" que você considerava uma forma de individualismo –, mas de você estar aberto frente ao mundo, ao mesmo tempo receptor e ator, de não se trair, pois não se traindo, não se trai quem está à volta, de dizer sim e de dizer não. Sim e não: é essa a oscilação da vida – mas principalmente de dizer não, com vigor, com convicção. A vida não se vive duas vezes, e quando você caminha, tem de escolher as ruas por onde passa, isso é inevitável, você não pode é ficar parado, ninguém pode ficar parado – homem algum é uma árvore –, e é necessário escolher os caminhos. Angústia – isso é comum: o que é preciso é sorrir novamente, botar pra fora esse ódio, amor castrado na raiz, a forma mais dolorosa de amar: você é seu condicionamento: você não se diz cristão mas trata todo mundo como um bom samaritano, e esquece que foi odiando que Picasso pintou *Guernica* e odiando Resnais filmou *Hiroshima, mon amour* – não o ódio que destrói (o ódio da opressão, às vezes tão difícil de ser descoberto), mas o que faz renascer. Por enquanto, você precisa é ir se acostumando com a normalidade atual, ainda que superficialmente se adaptando, pois não há de ficar toda sua vida aqui – acostumar-se a ver as coisas para abrir caminho para o futuro: não se adaptando a um mínimo de planejamento pessoal, pode voltar para a rua, para a fome e o frio. Precisa também estudar um pouco. Não dê valor às coisas que não o têm, poupe-se para uma ação mais definitiva – a ação que você vai realizar, com a qual você vai se realizar, a ação que vai realizar alguma coisa: você não perde por esperar. Aliás, o que você precisa é aprender a esperar: você leu em algum lugar que isso é sintoma de maturidade – acabe com os resquícios da adolescência. Juventude, é diferente, há de conservá-la sempre. Esperar... isso é fundamental: hoje você está aqui nesse estúdio, amanhã estará no interior da Grécia, ou em Paris novamente – a vida seguindo seu curso regular. Por exemplo: até hoje não escreveu para Lena, nem para Gustavo, Chico, é uma coisa simples, mas sua dispersão não permite, e segue brasileiramente adiando, adiando. Você não gosta de ouvir conselhos, o que não chega a ser negativo, nem está você em idade para isso, tampouco há muitas pessoas que os dêem, mas nunca é demais escutar, mesmo quando a conversa é de terceiros: o ouvido é um dos receptores do mundo exterior: você conversa demais consigo mesmo e isso é contemplação. Você é um contemplativo e isso hoje em dia é um atraso de vida: é muito bonito ser poeta, mas não se vai muito longe; não adianta, você quebra a cara: sonha com a Grécia, com Plaka ou Omônia, mas na realidade está lavando pratos num restaurante de estudantes; você vai longe, distante, na leitura de seus – ainda bem que cada vez mais raros – livros, mas na verdade você está num canto de estúdio que lhe foi emprestado. No entanto, as coisas se arrumam; ontem, você não sabia nem em que dia estava, hoje, já sabe porque fica contando os dias até chegar domingo para tê-lo todo à sua disposição. Você nunca se adaptou à rotina mas isso talvez

não passe de uma desculpa para não fazer nada: aqui não lhe é permitido participar da vida social da cidade – não faz sentido. Eis a verdade: você aqui não passa de um espectador e um espectador que se chateia profundamente com o que vê mas que por uma estranha razão não pode sair antes que a sessão termine – e isso você é obrigado a aceitar. Seria preciso que você estudasse física ou química, as chamadas ciências objetivas, enfim, algo de mais concreto, para cessar com certo tipo de abstrações – sim, Dom Quixote andava às tontas pelo mundo, com sua cultura mal digerida dos livros de cavalaria, querendo aplicá-la à realidade distinta na qual ele vivia entorpecido; você é a mesma coisa, exatamente a mesma coisa. Certa vez você disse (que pomposidade!) que era "um punhado de livros mal lidos" – mas é isso mesmo!: você é um Dom Quixote que anda perdido por aí, com seus livros de sonhos, suas Dulcinéias, seus romances e suas preocupações sociais – tudo dançando confusamente na cabeça, e então você rói unhas, e então você fuma cigarros um atrás do outro, você não tem descanso .... tem gente que precisa apanhar para aprender. Mas se tivesse de repetir tudo de novo, você certamente repetiria, Dom Quixote de la Mancha: você fica em casa um ano lendo livros e um dia sai à rua, resoluto, a fim de aplicar tudo aquilo que você engoliu, e com o primeiro que encontra pela frente, já começa o desacerto, as pessoas não entendem você, acham suas idéias um pouco esquisitas, e então você encontra outros tipos diferentes que se autodefendem, construindo seu mundinho à parte
....
....
....
.... Não, você não pode ficar sozinho, sozinho você não vale nada; ser alguém: na medida em que

haja soma com outros, é a matemática do humanismo: um mais um igual a dois e assim por diante. Porque se você está sozinho, você está sozinho no mundo! – as pessoas ignoram a sua presença: não querem saber da sua angústia, e você sente então azia e toma Alka-Seltzer, mas angústia não se cura com Alka-Seltzer. Você está na dança do mundo, agora dance! *Que adianta eu ter tranqüilidade se o mundo não tem, de que vale ser adaptado se o mundo é um caos? Dance conforme a música: eu sou latino-americano, sou portanto obrigado a ser versátil; sou brasileiro, devo entrar no caos e lá dentro explodir. Agora estou aqui em Lelese, como gosto de chamar esse país, e sou um zero à esquerda* ....
voltar ....
Ainda tenho os pés marcados do gelo e ainda sinto frio e fome nessas ruas hostis .... *Grécia* .... *pôr de lado as suas ilusões* ...... *como num filme de Ingmar Bergmann* ....
....
Por enquanto *you keep washing dishes.* Estar por baixo por uns tempos não faz mal a ninguém, quando se acostuma, é que é o problema. Você não encontra tempo de ir ao cinema: está passando um filme com Peter Lorre e você não costumava perder filme com ele – é um prazer que você conserva desde a infância, foi sempre fascinado pela figura gordinha de Peter Lorre, o rosto redondo, os olhinhos fechados, a voz macia; arruma um tempo e convida Sigrid; onde estivesse passando um filme com Peter Lorre você ia, lembra-se quando foi até Rio Comprido, num cineminha de terceira? Se não lhe falha a memória era *O falcão maltês,* de John Houston. Alegrias infantis que valem a pena conservar, nesse mundo louco isso ajuda a não se desintegrar, a fim de não se evaporar pelo ar nesse planeta louco... Mas ao mesmo tempo você ama esse planeta, não quer ir pra outro, você ama-odeia

esse planeta: no bloco de notas quando estava no colégio, costumava escrever: Barro Vermelho, Rio Grande do Sul, Brasil, América do Sul, planeta Terra: eram as primeiras alucinações cósmicas de um recém-adolescente – agora as alucinações estão mais concretizadas, construídas... Estavam pelo menos. Mas continuam sendo alucinações, alucinações que vão apagando sua lucidez e acelerando seu distúrbio neuro-vegetativo: uma vez você disse (repetindo Lena) que queria ver até onde ia, mas no meio do caminho há sempre uma pedra feita de hesitações, uma vontade de voltar atrás o mais rápido possível – como se fosse viável –, um medo do escuro que surge de repente pela frente, a vida como uma caminhada por um labirinto: você parte desse ponto aqui, Nascimento, e caminha até aqui, Morte, como chegar é problema seu – e o fato de você não saber onde fica a saída, sem encontrar também o ponto de entrada, lhe dá arrepios, angústia: você está agora num desses momentos, nesse labirinto – já passou fome, esteve num hospital e agora lava pratos e bandejas, *you keep washing dishes,* Don Quixote de la Mancha lava pratos e bandejas. A pé, todo dia, você vai ao restaurante, não paga condução, as refeições, você faz lá no emprego, e vive num estúdio emprestado: em cinco meses, se não beber muita cerveja, poderá ter o dinheiro suficiente para sair daqui – vai "começar tudo de novo" em outro lugar. Não deve reclamar: poder-se-ia dizer que você é uma pessoa de sorte. Se fosse europeu, por exemplo, se fosse europeu e tivesse vinte e três anos, sentiria o peso dessa rotina carregada de séculos, as coisas andando sem a mínima necessidade da sua presença; basta olhar um desses blocos de edifícios: frente a séculos de estabilidade, a inquietação de um rapaz nada significa; então você deixaria crescer os cabelos e a barba, viveria em grupo, sem se importar com nada, ou acabaria entrando para uma organização anarquista, ou então seria "um rapaz sério": se você tem vinte e três anos e é europeu, ou se prepara para ser cientista ou vai ser *hippie*. Mas você é brasileiro embora não saiba o que isso signifique exatamente: você sente uma responsabilidade que não sabe de onde vem: você tem uma preocupação na cabeça e um compromisso no bolso. Lena dizia: é engraçado como tem umas poucas pessoas que se julgam com obrigação de fazer alguma coisa e outros que não se importam com nada, ou que vivem normalmente sem maiores sacrifícios – *C'est la vie, mon vieux*. Você é brasileiro até (principalmente) nos defeitos e em algumas qualidades – mas se perguntarem a você o que é ser brasileiro, não saberá responder: talvez um dia venha a saber. *All quiet in the western front:* nada de novo em Lelese, apenas um rapaz, num pequeno estúdio perto da rua da universidade, se questiona sobre sua nacionalidade. A palavra "nações" significa vários indícios de divisão entre os homens, porque no fundo tudo deveria ser a mesma coisa, um mundo só, um homem só. As nações não existem, apenas diferenças secundárias, não é, cidadão do mundo? Está na hora de Sigrid chegar, seria melhor que dormisse antes para evitar ficar conversando. No entanto, até que ela é agradável, mais simpática pelo menos do que seus amigos. Alaor se perdeu nas profundas de Goiás, nunca mais ouviu falar dele, até que Lúcio mostrou um livro de contos, publicado na província............ Lelese, a primavera está chegando (é assim aqui: uma manhã você acorda e nota que alguma coisa está diferente, depois percebe que é a primavera que se anuncia), muito breve, adeus frio, adeus neve! Mais um mês e você vai começar a notar as árvores, as pessoas indo com mais freqüência às ruas, aos bares, e as cores das roupas, os sorrisos nos rostos: aqui as estações são importantes, marcam um ritmo de vida, depois da saturação do frio, começa o tempo a sorrir e finalmente chega o calor do verão. Quem mora no Rio não sabe o significado

da palavra "primavera", ou outono, lá é quase que uma estação só o ano inteiro, com leves graduações para mais ou menos fresco. Frio, calor... Eu tenho uma preocupação na cabeça e um compromisso no bolso. Alaor desapareceu e Sigrid deve chegar dentro de instantes. Dois mais dois igual a muitos. Lena, a solidão... você se lembra? mas quem está procurando solução? Rei, capitão, soldado, ladrão... as palavras rimando... rei, capitão, soldado, ladrão... põe a mão no coração, ouça bem esta canção... rei, capitão, soldado, ladrão... abra sua consciência, ouça com paciência, a canção dos que dizem não, a canção da multiplicação... rei, soldado, capitão, ladrão... nas rodas da infância aprendi minha ignorância... as colheitas de sangue, as donas do mangue... rei, capitão, soldado, ladrão... a vida não vale um cruzeiro, quem é que é brasileiro?... rei capitão soldado ladrão... a rima perdeu o pulso, a vida não fica parada, Rio de Janeiro alagada... rei capitão soldado reicapitãosoldadoladrão... rei: capitão: soldado: ladrão... rei: capitão: soldado: ladrão... Rei. Capitão. Soldado. Ladrão... rei capitão soldado ladrão rei capitão soldado ladrão rei capitão soldado ladrão rei capitão soldado ladrão rei capitão soldado ladrão rei capitão soldado ladrão rei capitão soldado ladrão rei capitão soldado ladrão rei capitão soldado ladrão reicapitãosoldadoladrão. O rei de Roma ruma a Madri... meu filho aqui encontrarás o muuunnndo..
....
....
....
....
.... Alguma coisa anda preocupando você: é o que geralmente acontece quando você está sério demais. Ou será o contrário: quando você está rindo muito é que as coisas andam pretas. Não vem ao caso; agora você está sério e preocupado.

Outros problemas que não os seus vieram juntar-se à massa única e disforme de suas complicações – um caso que aconteceu com Sigrid. Quando você chegou em casa ontem, ela estava chorando, e vendo que tinha alguém que a escutasse, desabafou; você escutou: Sigrid tem uma amiga, a amiga de Sigrid é mais jovem que ela, mais bonita de corpo; Sigrid tem um amante, por quem, só então você descobriu, é apaixonada; o caso foi assim: a amiga de Sigrid resolveu, calculadamente, dormir com seu amante, e como se isso não fosse o suficiente, foi imediatamente contar a Sigrid. Pode-se imaginar a sua reação: uma crise de nervos, chorou, rebentou a pequena represa: também ela podia chorar! – não conseguia entender a atitude da amiga, não havia uma forte razão para aquela atitude, não se tratava de atração irresistível, ela simplesmente dormiu com seu amante, talvez por maldade, por picardia, para irritar Sigrid. Você mais ainda do que ela não consegue compreender isso, considera um gesto gratuito, sem outro objetivo do que ferir a amiga – Sigrid não tem mais a juventude deles dois, continuou chorando depois de ter falado, e bebendo – você ficou sem saber o que dizer. Tentou consolá-la, falando mais como se fosse uma obrigação, um papel que se esperava que você desempenhasse naquele momento, não porque sentisse, entendesse o problema – de qualquer forma você percebeu que foi um golpe baixo, e que Sigrid devia estar se sentindo muito sozinha. Colocou uma música na eletrola, começou a beber também, e assim ficaram até que ela se acalmasse, às quatro horas da manhã. O lado humano de Sigrid se revelara – engraçado a frieza das pessoas daqui, um dia, quando menos se espera, revelam que são iguais aos outros seres humanos; mas sempre aquela muralha forte em volta delas, nos dias normais; a amiga de Sigrid, por exemplo, ainda chamou-a de sentimental. Acontece que as pessoas são assim e assim devem ser compreendidas

— mas você prefere o sol e Nelson Cavaquinho —, há dias que Sigrid não consegue trabalhar direito, uma encomenda que recebeu para ilustrar um livro infantil — quem é que não tem uma crise de nervos de vez em quando? As pessoas morreriam patéticas, não fosse essa válvula de escape; alivia: Sigrid agora está bem melhor, sofrendo menos. E voltou em relação a você mesma distância de antes, como se estivesse com medo, como se estivesse envergonhada daqueles momentos de proximidade, alguns minutos de amizade; as pessoas daqui parecem fazer questão de se conservar à distância, como se uma proximidade fosse um perigo, como se não tivessem certeza de sua própria capacidade de controle: há tanta complicação psicológica solta pelo ar que a amizade deixou de ser algo a ser procurado, cultivado, mas é antes coisa a se evitar, perigosa; significa compromisso, significa que tendo uma pessoa algo da outra em mãos, pode vir a utilizá-lo, jogar de acordo com as circunstâncias e interesses: isso é parte integrante do que se chama civilização — a "sifilização" de seu romance inacabado —, a segurança econômica faz as pessoas egoístas, seguras delas mesmas; isso não é o ideal mas o mundo não é ideal — filosofando um pouco: o desenvolvimento econômico traz um subdesenvolvimento existencial. Sigrid, em particular, é uma boa pessoa, embora faça questão de esconder (para proteger) esse seu lado. As ilustrações que ela já fez para o livro infantil estão muito bonitas — você acha —, suaves, de muita sensibilidade: um dia talvez venha a ser uma pintora conhecida, aqui já tem certo nome. Você vem dormido muito tarde, e bebido muito, não demais, mas bebido regularmente, o que não acontecia antes; e não se esqueça que a bebida é muito cara. Se continuar assim vai acabar sem economizar — o que significa: sem poder partir. Arrisca-se a ficar aqui o resto da vida. Fumando muito, também; poderia ter aproveitado os dias que se viu obrigado a não fumar e abandonar os malditos cigarros. Vai a um cinema de vez em quando (anteontem viu o filme com Peter Lorre); boate e teatro, fora de cogitações. Ontem você escreveu para casa comunicando seu novo endereço, dizendo pra não se preocuparem, que você estava bem de vida, etc. – de que adiantaria eles saberem da situação real? Você comunicou que estava fazendo traduções do francês para o inglês. O último bom livro que leu foi *The colossus of Maroussi,* de Henry Miller, encontrado entre os poucos livros em inglês de Sigrid, agora está lendo *Marco zero,* de Oswald de Andrade, que você encontrou, muito surpreso, na biblioteca do Instituto da América Latina, um volume velho, já sem capa. Ler e ler e ler: ainda a fase de consumo. O livro de Oswald despertou velhas pretensões adormecidas, e você se lembrou de *Sifilização,* sua tentativa de três anos atrás: ficou a noite revendo os velhos e riscados originais; alguma coisa era lida como se fosse nova, outras eram ainda estritamente familiares, muita coisa mal escrita, indefinida, amorfa, impressões, preferências, ao lado de idéias e situações: uma pequena miscelânea pessoal; e você tinha às vezes a sensação de estar lendo você mesmo, de estar revivendo os anos – agradáveis então, amargos hoje – de formação e deformação, alimentando palidamente a idéia de um dia vir a dar corpo àquilo, de fazê-lo viver como uma verdade também para os outros, não mais apenas pessoal; não um diário meio sentimental, talvez um depoimento de uma época, de um fragmento de uma época – mas que interesse teria aquilo para uma pessoa como Sigrid, por exemplo? Ou para Lena (mas ela pertencia àquelas páginas!)? *Eu sou o autor/ator desse romance inacabado, dessa desigual trajetória que marca o fim de uma adolescência; eu sou essas páginas amarelecidas, como se fossem palavras gastas de um discurso emocional, o desabafo de um menino indignado, a esperança de um*

desesperado jovial, o sonho de um neurótico agressivo, a letra de um samba sem música: aqui vivi e amei, aqui me encontrei em meus descaminhos, me perdi em meus caminhos: aqui sobretudo lutei contra a supremacia do superego e contra a agressão da realidade objetiva aqui este exílio..
.... e ler novamente em português era uma maneira de você estar de volta, de quebrar o isolamento em que tem vivido, do estúdio para o restaurante, do restaurante para o bar, do bar para o estúdio, falando sempre muito pouco e com algumas pessoas, limitado pelos que sabem outra língua, francês ou inglês, e sobretudo ouvir novamente os sons familiares, os sons que vinham da infância, de um lugar escondido na mente e na infância, e com o qual você havia construído seus sonhos e a sua quase que exclusiva realidade ....
.... e o afastamento, o exílio é a proibição absoluta de se conviver com esse mesmo som as vinte e quatro horas do dia, é a essa redução que você está condenado – a de ser um homem sem som próprio.

A POESIA É UM BARCO *difícil de se remar,*
e buscar as palavras é como a caça à raposa
dos velhos filmes ingleses.

Não posso ter equilíbrio
no meio de tanta maré.
Apenas arrisco
— não risco —
a sobrevivência.

Era de se esperar que mais que sobre
vivência, a vivência fosse assumida.
Mas de que maneira se um é o rio
que vai desembocar no outro, o mar?
E só depois de estar no mar
é que poderei ir à praia.
Só depois de ir ao mar conhecerei a terra.

"LENA LINDA,

    você me deu a alegria de receber uma carta sincera, uma carta onde você sentiu vontade de dizer tudo o que está sentindo.
    Lena, nosso diálogo tem sido difícil. Não fosse suficiente o que me aconteceu, o que nos aconteceu – mas até onde nossa realidade interna transforma a realidade objetiva? até onde nossa visão do outro tem sido a de nós mesmos, projetada? Nosso diálogo tem sido difícil talvez porque seja exclusivo de nós dois – ou a isso se propõe, num mundo cheio de interferências, com apelos para a desconcentração surgindo toda hora, por todos os lados.
    Mas houve com certeza uma realidade que caiu como uma cortina – objetiva – muito mais forte que todas as confusões / convulsões internas juntas. Seria muito bom se conseguíssemos solucionar em conjunto esses mil e quinhentos problemas.
    Aqui estou perdido nesses confins, e você aí na velha cidade – e começamos a manter uma relação algo platônica, próxima ao mero escapismo: começamos a não saber com nitidez o que podemos ou poderemos significar um para o outro.
    Antes, sabíamos. Agora constatamos – como você fez na sua carta –, que é chato sermos simples refúgio um para o outro.
    E lutamos contra a distância, o exílio, o tempo: muita coisa nos impede, ou melhor, me impede de te dizer 'larga tudo, vem pra cá e vamos tentar novamente' – assim como muita coisa te impediria de vir. No fundo, no fundo, não consigo me conformar com isso.

Sonho: o amor às vezes é aparente loucura, e só podemos chegar a ele através de gestos de (aparente) irresponsabilidade. O bom raciocínio encobre o medo de amar.

Desculpe, Lena, mas é uma vontade danada que você pegue o avião e venha. Como não é possível, fico lírico:

Se um dia ocorrer um encontro total que há tanto tempo se anuncia – secreta e subterraneamente se anuncia –, se pudermos dizer, eu e você, Lena, uma só voz, 'finalmente' – e se isso acontecer e estivermos num grupo de conversa e alguém disser que o amor não existe (como Dottie, em *The group,* que você citou), trocaremos então um olhar de mútua compreensão. E um sorriso. E só nós compreenderemos a verdade desse olhar.

Comecei o período acima com 'se': condicional e futuro. Proponho-me um decreto particular, composto de dois parágrafos:

1º § não ter medo da distância e do tempo;
2º § revogam-se as disposições em contrário.

Precisamos ainda nos desmistificar. É que nós nos comunicamos muito através de um lado que temos em comum – o que é bom –, mas precisamos igualmente conhecer os outros lados, as partes que somos diferentes. Aqui de longe percebo isso. Em outras palavras: até onde falamos para nós mesmos (porque falamos com o outro semelhante a nós) e até onde conversamos um com o outro? E ainda nossa tendência para fantasiar as coisas!

Ilusão. Mas não faz mal. Ela existe, sim. Reservemos nossos olhares de realismo para a vida que nos cerca – e um para o outro. A época do diálogo difícil está passando. Vivemos num tempo sem sol – descontando o verão que deve estar fazendo aí –, e embora a paz seja oficial, este é um tempo de guerra.

O que é bom é que no meio do caos nós conseguimos nos olhar. E a certeza de que cada vez estamos mais próximos. Aguardo os meses que virão com impaciência.

Não sei o que vai ser de mim. Mas isso importa?

Já estou aprendendo a língua daqui, embora os progressos sejam lentos. Talvez venha a estudar um pouco. Minha inquietação me sussurra que devo estudar, enquanto meu bom senso *(sic!)* me aconselha a trabalhar. Sinto que tenho de ter mais humildade diante dos fatos, dos homens, da vida. Estou aprendendo a duras penas. Não adianta ficar dando murros em ponta de faca – mas isso não significa conformismo.

Não sei. Não sei.

Não falei muito da minha vida aqui. Falo do que estou sentindo; pelos sintomas, você descobre. Os fatos me chateiam.

Aguardo carta tua, te beijo,

Cláudio."

O Corpo

Um corpo em decomposição, dentro de uma mala tipo baú, mobilizou, ontem à tarde, várias viaturas da polícia e reportagens dos jornais. Um telefonema informara que a mala, ainda fechada e exalando forte mau cheiro, fora encontrada no terreno defronte ao número 43. No local, porém, ao abrir a mala, a polícia constatou que o cadáver era de um cachorro...

"Querida Lena,

claro que compreendi muito bem tua atitude, naqueles dias antes de minha partida. Eu mesmo tive um comportamento parecido: quando ia te procurar, no fundo ia esperando não te encontrar em casa. Esse não-querer-querendo, que não conseguia entender, depois me pareceu claro. São essas voltas que ocorrem dentro da cabeça da gente. Queria evitar o choque da despedida. Você também não foi, como diz, inconseqüente nem tola: estava apenas procurando se defender.

Não fiquei magoado.

Continuo o mesmo.

O que sinto que tenha faltado foi uma conversa mais longa, mais próxima. Que eu ficasse ouvindo você falar sobre você, sobre a minha viagem, o que significaria em relação a nós dois, sobre a vida, sobre as coisas em geral. E que você me ouvisse um pouco.

Tivemos medo do distanciamento. Sei que nada parece claro – e que deve haver uma razão para isso. Eu apenas confio. E espero.

Parece ser importante o espírito de revolta da tua carta. Emocional, sujeita a chuvas e trovoadas, mas um passo à frente. Um pequeno degrau numa escada que poucos sobem. Quem sabe você não vem me encontrar aqui, dentro em breve?

Termino com pressa pois ainda tenho de sair; aproveito e coloco a carta no correio. Um beijo do teu,

Cláudio."

Ku-Klux-Klan

A campanha de recrutamento da Ku-Klux-Klan terminou ontem com a admissão de mil trezentos e sete membros, segundo informou um porta-voz da organização, em Lebanon, Ohio.

"Lena,

resolvo te escrever antes mesmo de receber resposta da carta anterior. Não sei se vou colocá-la no correio. É que na verdade estou escrevendo esta carta pra mim mesmo. Estou precisando – a distância, o frio, isolamento, monólogo. Sozinho no quarto, sozinho na cidade, no país. Pensando. Escrevendo uma carta pra mim mesmo. Bob Dylan tocando na eletrola portátil. Pensando no século, nesse século de espanto. Pensando no sexo – o sexo é um espanto? Escrevendo pra mim mesmo numa noite de sábado, frio, sozinho, com o século – um espanto – solto à minha volta. E é impossível deixar de respirá-lo, por todos os lados, pelos poros, pelas narinas, com a comida – e através dos olhos principalmente. Estou com a poluição da angústia. Não sei o que vou fazer (hoje), já soube o que fazer (ontem), e saberei o que fazer (amanhã). Mas hoje, não me peçam nada pois nada terei para dar. Hoje. Um espanto: saiba que a frustração é um precipício. Um mais um, dois mais dois, três mais três, quatro mais quatro – multidão. Intolerância não deixando respirar, mediocridade, Idade Média Moderna, homens de armadura e com e sem honra – mas a honra antiga. Crianças: poesia sem sentido. O orgulho é mentira – o sorriso, impossível. Hoje. Quando todos os tabus forem banidos, aí então o sorriso, o sorriso nos lábios de todos. As mulheres sorrindo: o sorriso de mulher é bonito como sorriso de mulher. Mas o século/sexo é um espanto. Kafka, um judeuzinho frustrado, meu amigo. Numa rua que sobe, uma menina que desce: vem da escola, vai para a família. A menina desce, de uniforme. Bob Dylan canta na eletrola. A menina escreve poesia, não sabe que a poesia acabou. Vem da escola, de uniforme, começa a caminhar. Baile de quinze anos, não sabe que as moças não fazem mais quinze anos. A menina dança, o rapaz tímido olha. Kafka é um judeuzinho frustrado, meu amigo. A menina dança valsa, mas Bob Dylan canta na eletrola:

The answer, my friend,
is blowing in the wind,
the answer is blowing in the wind...

século, espanto, menina, revólver, sexo, opressão – uma pausa, minha amiga. (As canções de amigo eram canções de amor.) A menina não sabe que o amor não se sabe. O rapaz tímido também. O braço ainda não é abraço. Um espanto, e o tempo é para ser assumido. Senão, viramos rinocerontes. A vida pede licença, samba, *cuba-libre,* cinema (as imagens dentro dos olhos) – e os olhos dela são verdes por mais castanhos que sejam. Vem da escola. Milena põe a mão no meu ombro e diz: 'Não sei até onde...' A mulher que está ao lado é sempre a soma das outras. Uma de olhos verdes, vindo do colégio. Hoje. Um quadro na parede da minha amiga pintora, Bob Dylan na eletrola – o amor é portátil? Sabe-se que tem música dentro, e mais não se sabe – a perplexidade cai sobre a noite. Sábado. Cinelândia, Washington Square, Quartier Latin. Ouvindo agora Nina Simone – você já ouviu Nina Simone? *Soul.* A menina tem medo e não sabe que tem medo. Ela dança, os políticos tramam. A dança geral. Os foguetes. Amar é fazer amor. A vida pede licença, devagar, é preciso ir adiante dela, violentá-la. Tem poesia na violência? Não tem mais poesia na candura (até a palavra é pouco usada). Os olhos são verdes (por mais castanhos que sejam), mas 'tem mais samba nas mãos do que nos olhos'. Meu amigo Ernesto, Bob Grey e Dylan, Kafka, Godard, Charlie Parker, Nelson Cavaquinho, Nina Simone, Cesare Pavese, *rock* negro, Sartre, contos de Dino Buzzati, Hermann Hesse – e a poesia caindo *like a rolling stone.* Amar, fazer amor, foguetes, a lua, Marte, Ulisses no espaço, todas as mulheres, os povos vivendo e lutando, as fardas, a menina dançando, Hiroxima, os camponeses de Barro Vermelho, os operários de

São Xavier, a matéria plástica, a televisão e o violão. Tudo e nada. Amiga, amor, ódio, os olhos, o mar, boca, cabelos, sexo, mãos, dedos, pernas, nuvens, céu, campos, o revólver e o tiro, os lábios e o desejo, as armas e os barões, as meninas e os soldados, o desfile e a passeata. Na Grécia todos são gregos, menos alguns. Os sorrisos, depois da queda dos tabus. Matar o velho para o novo nascer. O novo. O *soul*. O novo com alma. A canção – o amor é portátil? Sacode os ombros ao som da música, os cabelos vão e vêm, os olhos brilham, os lábios desenham um sorriso; não, o sorriso aparece espontaneamente e dá forma aos lábios. Nas ruas, o sorriso. Só depois... Na rua que desce, a menina que sobe, de uniforme. A menina de uniforme: minha Milena. Eu te pergunto:

> como será o próximo século?
> você tem os joelhos bonitos?
> por onde andam os passarinhos?
> como é que você se chama? Milena? Lena?
> as pessoas precisam ter um nome?
> você sorri? teu sorriso é branco ou azul?
> já correu pela relva?
> já viu a cidade amanhecendo?
> já se sentiu triste? mas triste, triste?
> a felicidade existe, e a liberdade?
> não seria melhor se as pessoas tivessem um número?
> é possível codificar a vontade de fazer amor?
> as mulheres dos outros são dos 'outros'? por quê?
> gostaria de ir à Lua?
> você tem medo da liberdade?
> acha Rimbaud bacana? e o *jazz?*
> e seus joelhos, são bonitos?
> gosta de você? gosta de mim? gosta de gostar?

os olhos, verdes ou castanhos?
e a cidade tem edifícios demais?
acha a pílula necessária?
gosta dos outros? e os burgueses?
não acha o amor livre?
o que pensa do nosso século? e do nosso sexo?
já correu com pés descalços pela relva?
contou as estrelas no céu?
não acha que o ódio é necessário? e o amor?
o homem pode conquistar o espaço e o tempo?
tem qualquer coisa contra a loucura?
não acha o bom senso mau?
a vida não é curta demais?
já conseguiu parar de fumar?
não acha que o sexo pode ser branco e liso?
com ou sem poesia?
acredita no trabalho humano?
as palavras têm cores? e as músicas?
gostaria de morar em Nova York? ou na Grécia?
gosta de tango? e de fado? e bolero?
não acha o mau gosto necessário?
tem alguma coisa contra a mediocridade?
deve-se trabalhar no anonimato?
acredita no zumbismo como força e futuro?
já pensou que eu poderia te perder?
já pensou que você poderia me perder?
quer morar comigo em Lelese?
já viu e sentiu a neve? e calor?
contou as estrelas no céu? correu pela relva?
já se acostumou com sua neurose?
acha que eu estou fazendo perguntas demais?

não acha que tem perguntas que a gente nunca formula?
e que às vezes as respostas não são importantes?
que eu gostaria de ver você sorrindo agora?
você teria a coragem de começar tudo de novo?
sabe que a rotina embrutece?
tem muitas dúvidas? sofre de insônia?
acredita na poesia, apesar de tudo?
se lembra de Hiroxima?
quem matou os Kennedys? e Guevara?
acha que no fundo a gente continua sempre o mesmo?
que você poderia me perder? que eu poderia te perder?
já pensou no que você sempre quis? o que é?
sabe que hoje é sábado à noite? que estou sozinho?
que eu gostaria de te beijar?
que até os passarinhos sabem que amor é com sexo?
e que por isso teus olhos são verdes?
você não escuta música no silêncio?
nós nos conhecemos desde a época da Mesopotâmia?
ou ao contrário, nem sequer nos conhecemos?
não acha que a vida é uma impressão?
simples eros e civilização?
já tomou banho de mar nua? não gosta da natureza?
você tem certeza do que está vivendo?
acredita em computador eletrônico? e nos Beatles?
gostaria de ir à Lua? teus joelhos são bonitos?
a poesia é a verdade? e ciência é poesia?
a vida é um filme? e nós, protagonistas?
um filme colorido ou em preto e branco?
um beijo é um poema? os beijos têm cores?
qualquer um poderia ter matado Kennedy?
e a Rússia teria sido diferente sem Trótski?

gostaria de ter vivido na Idade Média ou no Renascimento?
se lembra como era a vida na época de Anaximandro?
acha que a maturidade é inevitável?
acredita na inteligência humana? e na sensibilidade?
não acha que o cérebro da gente diminui à medida que aumentam as coisas a serem conhecidas?
a poesia não é uma forma de sexualidade infantil?
não acha que o homem novo sofre porque ainda vive num mundo dominado pelo homem velho?
que o sistema nervoso do homem novo deve ser outro?
que deve se mudar como se mudam as instalações elétricas de uma casa?

você rói unhas? fuma demais? é contra o fumo?
já correu descalça pela relva? acha 'relva' uma imagem sensual? a pele? e a pele é lisa?
a linguagem é uma casa onde a gente mora?
já ouviu Noel Rosa? está cansada?
as palavras são as nossas roupas?
e o silêncio, tem melodia e harmonia?
não acha Hamlet e Rimbaud e Prometeu parecidos?
sabe que nós poderíamos nos perder?
que somos todos filhos do espanto? que chove mas haverá

Sol?

que tua pele é bonita como a relva que piso? que estou beijando teus olhos? que teus cílios fazem cócegas nos meus lábios? que passo a mão em teus cabelos? que você põe a cabeça no meu ombro e sorri? e que teu sorriso provoca um sorriso em mim? que nossos sorrisos se unem numa claridade, que é beijo? por quanto tempo continuaremos a nos olhar nos olhos? e vemos alguma coisa a

mais do que nós mesmos? Fome, distância, solidão, ilusão, carência, etc. – tudo é transitório na nossa sociedade de consumo?
Já é domingo de madrugada. Te beijo, saudades, etc.,

Cláudio."

Cerimônia Secreta

Monróvia (FP) – Clarence Simpson, ex-vice-presidente da Libéria, entregou-me mil dólares para que fosse procurado o maxilar inferior, os olhos e a maçã do rosto de uma mulher, a fim de empregar esses despojos humanos numa cerimônia de ritual, destinado a convertê-lo em presidente da República – foi a acusação confirmada por Agnos Magbe, diretor do Colégio Comercial da Monróvia, durante a investigação realizada, depois da descoberta do cadáver mutilado de uma mulher.

"Grande Chico,
tudo certo por aqui, esperando tua chegada. Só peço que você mande confirmar a data (e se vem realmente), e onde você vai ficar, pois eu talvez mude no começo do mês que vem. Minha situação é das mais instáveis possíveis. O endereço pra correspondência é que continua o mesmo.
Anteontem estive com Z., que me contou as últimas notícias daí, e que a essa altura já devem ser penúltimas). Eu estou escrevendo um roteiro, junto com um amigo boliviano, Juan, uma tentativa nossa de vender para uma companhia de cinema. É: inventar para sobreviver.
Na verdade, tenho recebido más notícias daí. Será que você não pode ser um pouco mais otimista que os demais amigos e conhecidos?

Agora na Páscoa devo ir até Amsterdã (por causa do roteiro que se desenrola lá), já vi todos os filmes do Godard e Buñuel e Losey, tenho lido pouca coisa (Le Clèzio).

Como sempre com pressa, me despeço. Mas você vem e a gente conversa pessoalmente. É melhor. Um abraço.

Cláudio."

Satélites em Órbita

Califórnia e Moscou (AFP-UP) – A União Soviética lançou ontem mais um satélite não tripulado, o Cosmos 235, e os Estados Unidos puseram em órbita dois satélites – o Explorer-39 e o Explorer-40 – adiantando-se que todos os artefatos espaciais funcionam normalmente.

"Caro Gustavo,
estou realmente pensando em ir embora daqui. Se tiver coragem, guardo um dinheirinho e saio, viajando na base da carona. Conheço, assim, um pouco mais da Europa, e vou trabalhando onde puder. Depois, volto. Ou melhor: vou para Atenas ou uma ilha grega e fico vivendo lá alguns anos. Por que não? Tenho lido e escrito bastante. Isto é, nas horas de folga e fins de semana. Quando o trabalho permite. A falta de incentivo, o isolamento, são coisas diárias, mas não me deixo abater; é preciso acreditar em alguma coisa como uma criança acredita em Deus. Que nada me afaste da reconciliação comigo mesmo (estar longe e a vida aqui me proporcionam isso, de certa forma) para a transformação que for possível. Estou me sentindo profeta. Não, ainda não fiquei louco. Quando ficar, mando avisar. A verdade é que sei, sinto que as coisas (humanas) são ricas, por mais pobre que seja o mundo, as guerras. Só agora estou descobrindo o que tenho

dentro de mim – combustível suficiente para uma vida. Volto-me para o trabalho criador – criar alguma coisa, sempre essa idéia, mesmo sabendo que vai ser destruído amanhã ou depois. A gente trava uma guerra surda e interna pra poder viver o nosso tempo, e o mais importante é isso: viver e viver o seu tempo.

Chau e lembranças,

Cláudio."

Matou o Pai

As autoridades do 9º Distrito da cidade de Roma encontram-se empenhadas na captura de um casal responsável pelo assassínio de um homem, não identificado, e do assaltante Serpe Cecchi, que, quase ao mesmo tempo, desfechou três tiros em seu próprio pai, o comerciante Luigi Cecchi, por este não querer mais sustentá-lo.

"Lena,

estende a tua mão e vamos ouvir música.

A menina, que vem do colégio ao lado do rapaz tímido. Não dizem uma palavra, sentam e esperam – por quanto tempo? Os dois ouvem música e temem falar pra não quebrar a atmosfera que os envolve. O rapaz pensa em flores e sorri. A menina pensa em praia e sorri. Na linguagem deles, 'flores' e 'praia' não passam de uma coisa só. Eles se levantam e começam a dançar e dançam muito até ficarem tontos, tontos de ritmo e harmonia, bêbados de som, e se beijam e se amam. Estão numa praia deserta (estão em Chelsea, estão no bairro da Independência, estão no Boulevard Saint-Michel, estão em Copacabana, estão no mundo) e se beijam e se amam. É como se pela primeira vez se amasse no mundo. As ondas batem na areia e fazem música que eles ouvem em silêncio. Deitados na areia, descansam. Estão ouvindo *jazz*, sozinhos, o mundo a seus pés. Sentem que aquilo é importante e que os outros precisam ser evitados, porque são um entrave à brisa da praia da vida. E de repente pela beira da praia vem vindo o menestrel Nelson Cavaquinho, com olhos tristes, segurando o violão. E o rapaz pergunta,

'Nelson, meu mestre, como está se sentindo?' – e Nelson responde,

'não sei de nada, a única coisa que eu sei é que todo mundo gosta de mim'. E o rapaz pergunta para onde ele vai e ele responde, 'vou pra casa, minha mulher não me vê há uma semana, vou preparar uma peixada, vocês querem vir?'

E os dois seguem com Nelson Cavaquinho e vão comer uma peixada. E a América Latina é sentimental e ouve-se um tango e um samba-canção por uns momentos, e a vida parecia ser simplesmente aquilo. Nelson abraça os dois e diz,

'vocês precisam se amar o tempo todo, cada minuto, depois pode acabar e só resta então o violão. E quem não tem violão está perdido'.

A menina de uniforme olha o rapaz e baixa os olhos. Eles não têm violão mas se beijam e se amam. E como a concha do mar, ela recebe o amor – e o amor é pérola dentro da concha. E os dois vão dormir na beira da praia e viram brisa, sol, ar e mar. *The end*.

Lá fora tudo começa de novo. As peças do diálogo ou o diálogo das peças – ao longo dos anos – são pouco a pouco montadas. E a alegria aparece (não escrevo 'reaparece').

Finalmente... com que letras se escreve esta palavra?

'Menina dos olhos castanhos tu és a menina dos meus olhos sou cego de saudades pelos olhos teus.'
Lamartine & Noel

Lena, eu misturo tudo... eu queria falar claro, mas como é possível? Só se vivesse dentro de um aquário. E a gente tem de entrar no burburinho – essa mistura doida...

> 'Teus olhos abusaram do clarão
> Parecem fogos dominando a multidão
> Um rastro de luz, teu olhar...'
> Lamartine & Noel Rosa

Eu queria falar claro mas não é possível – nossa época é justamente o contrário: as idéias não são claras porque os sentimentos não são claros, porque o mundo não é água, Lena...

> 'Pra que mentir
> Se tu ainda não tens
> A malícia de toda a mulher...'
> Noel & Vadico

Pero soy un hombre de Latinoamerica. Soy un hombre del continente del sol. Uma constelação de cores explodindo na miséria. E as riquezas que existem.

E você, minha Milena, está lendo agora e posso ver teus olhos percorrendo as linhas – teus olhos brilhando, e verdes e castanhos. Teu estado de espírito, metade sorriso, metade preocupação: e as idéias que podem começar a te surgir. E o amor (Genet ensinou que até um gesto de mendigo pode ser amor). Aretha Franklin canta um *soul* – alguém pode cantar a alma?

> 'Compreendi a solidão e o desespero do viajante que perdeu sua sombra.'
> Jean Genet, *Diário de um ladrão*

E você, minha Lena, posso ver suas pálpebras se movimentando, cansadas depois de um dia de trabalho, sem querer largar a carta porque ela também fala de você.
Não impeça esse sorriso de acontecer.
Não impeça essa troca de olhar, de gestos, acenos. Moramos no mesmo hotel, em Chelsea, continuamos morando no mesmo hotel, os quartos são próximos – e como é difícil os quartos serem próximos – basta descer um andar, você se lembra? E no entanto, estamos tão longe, na distância, no tempo. Longe na nossa memória, longe na nossa história. Perto na nossa memória, perto na nossa glória. Longes e pertos. Vagando sem rumo, os pés descalços na relva – na relva da nossa memória. E os cabelos soltos ao vento, e a alegria mais próxima, mais próxima. As mãos, a pele...

> 'Tive por um instante a idéia de ir à procura dos meus dois amigos, mas a própria idéia de procura me demonstrava que eles estavam perdidos.'
> Genet, *idem.*

E o vento batendo nos olhos, e o sorriso se desenhando, e as palavras se misturando com a brisa, caindo ao chão. E uma pedra dura e lisa à nossa frente. (Temo as palavras de Genet.) A pedra, a realidade. E o sorriso feito de brisa, o sonho. Estou sozinho, Lena. E sozinho é uma maneira de estar no mundo, de estar com o mundo, de estar contra ele. E no ponto final, à espera, um sentimento pesado e difícil de beleza. A minha vida é o caminho para essa beleza difícil.

> 'A solidão não me é dada, ganho-a. É uma preocupação de beleza que conduz a ela.
> Quero nela me definir, delimitar os meus contornos, sair da confusão, ordenar-me.'
> Genet, *idem.*

E o brilho dos teus olhos correndo estas linhas revela o espanto de um ponto de interrogação maior que nós mesmos: com o perigo de sermos devorados. Inapelavelmente. Como o mar engole o afogado. Moramos no mesmo hotel: é preciso destruir as paredes. Não há tempo para festas.

A vida não espera.

Começo a página em branco – a sexta desta carta – e me ocorre agora que poderia estar pensando mais claramente, e isso não acontece. Talvez a confusão aumente e vá aumentando sempre até que um dia exploda em alegrias e revelações: tenho acreditado em revelações, em descobertas individuais, do mundo, de mim mesmo – e sei que cada vez mais esse caminho é difícil: você é chamado a participar da confusão geral, embora sinta vontade de ficar sozinho com sua própria confusão, buscando um sentido que faça alguma coisa valer a pena. Árduo trabalho – único possível. As revelações nos revelam, gozamos em silêncio nossas próprias descobertas. O amor também é uma forma de revelação-conhecimento, talvez a mais difícil (a mais fácil), mas certamente a mais abrangente: a revelação não tem fronteiras verbais, e é sentida antes de ser percebida. Por isso ainda acredito em amor, mesmo vendo morte à minha volta: é em tempo de guerra que o homem sente mais desejo de beijar uma mulher. Se fosse proibido sonhar seria o suicídio coletivo. Da guerra quero ser a testemunha e o acusador. Mas acusar a quem? E quem restará para nos escutar? Talvez as crianças. Do caos vão nascer flores, novas flores. Ou novas guerras. Esse século é incrível e é preciso amor para acreditar nele – é preciso amor para transformá-lo. E é preciso ter coragem para compreender que o 'amor' agora é novo, que não dura mais um século, mas o exato momento – um segundo, um século em vertical – de vivência. As mulheres estão sozinhas e o importante não é compreendê-las, mas abraçá-las – pois abraçá-las é compreendê-las. Ternura, um olhar: recursos poéticos, desejos.

Nada esconde a vontade de ser o que se é. É assim que se escreve uma canção. Só os mortos não escutam. Só os mortos não cantam. Só os mortos não têm ouvidos para sonhar canções, não têm sonhos para continuarem vivendo. Mas os mortos estão mortos e se falo nos mortos é porque falo nos vivos. Lena: eu falo dos vivos. As palavras estão cansadas e foram dormir. Seria a hora de me despedir. Mas estou com vontade de falar no mar:

    O mar é verde e escuro e existe independente da nossa vontade. Ele é furioso e calmo e a praia e os banhistas impedem que ele se expanda: a vontade do mar é lamber esses edifícios, engolir essas cidades – assim o mar se libertaria, seria ele mesmo em todas as suas dimensões. O mar é nervoso porque vê os edifícios e não pode fazer nada, porque esses edifícios foram construídos depois dele, o mar, depois de sua existência primeira. O mar é verde porque não perdeu as esperanças. O mar sabe que o homem é seu inimigo mais próximo – mas sabe também que de nada adiantaria ser só mar, a terra não existindo. O mar é um estômago gigantesco e diariamente tritura seus detritos. O mar não é a praia, mas o inverso da praia: o mar é elétrico, não é descanso. O mar não é a ordem mas o caos – e a realização do caos está no próprio caos. O mar é a ejaculação de um gigante contra os céus; o céu é o útero que recebe o sêmen que são as estrelas. O mar é todo natureza, mas se debate em neuroses profundas. Quando o mar tem dor de cabeça, a chuva chove. O mar é uma angústia real. Ao contrário do que se pensa, nós não somos o mar – mas o mar está em nós.

    Um beijo, Lena, como uma onda,

Cláudio.

P.S.: Por que não escreveu até hoje? Desculpe a longa carta. Eu ia deixando o papel na máquina e ia escrevendo, com sucessivos intervalos; não sabia como terminá-la. É uma carta-jornal-diário. Chau."

La Decepción de un Viajante

Los gobiernos de Estados Unidos y de Vietnan del Norte deberían convocar 2.000 mujeres voluntarias y sus hijos para transladarse a vivir en el extranjero. Las madres nortevietnamitas vivirían en Vietnan del Sur, mientras que las madres norteamericanas residirían en Vietnan del Norte. Esta sería la manera más fácil de lograr el cese de las hostilidades y comenzar con verdaderas negociaciones que puedan conducir a una paz real. – El utópico pero novedoso plan de paz para Vietnan fue expuesto por Arthur Miller, dramaturgo norteamericano...

"Caro Flávio,
começo logo me desculpando por não ter conseguido as informações que você me pediu. Mas acho que você não deve desistir de tentar aí, na embaixada, creio que há bastante possibilidade. Sinto que em breve nos encontraremos por aqui.

É bom saber dos amigos, que continuam produzindo, mandando brasa, sofrendo, amando. Estive vivendo em Londres e gostei. Vi as melhores coxas do mundo. E inevitavelmente, o inglês de chapéu-coco, jornal debaixo do braço e guarda-chuva. Já estava cansado de Paris, com um *affair* terminado, me irritando todos os dias com garçons, porteiros de hotéis, etc. Mas saí de lá porque não conseguia emprego. Lá só se fala em Barthes e Godard. Vi *Europa 51* que achei genial. Mas sinto saudades do Nelson Cavaquinho. Meu romance inacabado continua inacabado, agora no sexto capítulo. Sonho com uma americana que conheci na barca que atravessa a Mancha, e que possivelmente não vou ver mais, procuro uma norueguesa que não sei onde anda. E Lena.

Você poderia ser um pouco mais claro e mandar dizer se vem realmente para cá. E quando. De qualquer forma, em Paris, procura um amigo meu, Juan, no Grand Hotel de Suez, 31, Boulevard Saint-Michel, ele saberá como me localizar.

Escreve logo e manda dizer alguma coisa dos amigos. Os remanescentes do zumbismo que ainda teimam em existir.

Um abraço.

Cláudio."

Gorilas e Homens

Lagos (FP) – Um encarniçado combate entre gorilas e aldeões travou-se ultimamente na Nigéria, segundo testemunhas chamadas ontem à capital do país, e que afirmam que a refrega durou cerca de quarenta minutos.

"Lena,

tenho vivido dentro desse meu quarto com mil e um fantasmas – alguns deles se aproximam de mim e me sussurram o teu nome. Algumas vezes me sinto oprimido mas reajo e vejo o sol batendo na tarde como um sorriso. Por vezes há uma chuva injusta.

Recebi tuas duas cartas acumuladas. Elas me comunicaram alguma coisa que você não pode / não quer perceber. Você deve estar sofrendo. Aguardo carta tua para saber onde estamos, como estamos, para onde vamos.

É necessário que a gente descubra (e confie) no que se está sentindo. Beijos e abraços,

Cláudio."

Cérebro Eletrônico Dá Marido

Por apenas três dólares, qualquer norte-americano pode escolher, eletronicamente, sua companheira ou compa-

nheiro ideal, depois que a IBM inventou o Selectron, máquina a serviço da felicidade conjugal, pois se destina a promover o encontro das duas metades, e pôr termo à inflação de divórcio. Na Europa, a sede da Operação-casamento-eletrônico é Zurique que, com filiais espalhadas em todo o continente para recolher dados, atua como oráculo, ao preço de cem dólares.

"Caro Gustavo,
há três ou mais meses que não escrevo para ninguém. Tampouco recebo cartas. Imagino agora tua fossa carioca: estou em Atenas e estou me sentindo na totalidade do mundo. Sim, nunca me senti tão bem, nem em Paris, nem em Roma, nem em Londres (e muito menos no hospital de Lelese...). Há uma semana caminho pelas ruas, conversando sozinho, vejo os gregos gritarem a minha volta, vejo o sol quente no céu, vejo as caras bobas dos americanos turistas, e nada me atinge: eu estou num lugar que não sei qual é, mas onde conheço uma tranqüilidade que nunca antes conheci. Como você já notou, a Grécia virou literatura para mim. Mas é isso. Talvez tenha me encontrado comigo mesmo em Atenas. Depois de um longo e tenebroso inverno... Aqui quase viro onírico. Não é frescura, mas o que a antiga musa canta não interessa mais. Sinto nas caras sujas desses gregos, nas suas maneiras meio abrasileiradas, sinto *everywhere* que a vida foi inventada aqui, numa aldeia pequena e abandonada, numa dessas ilhas incríveis. E sinto que andava errado, que 'Lelese' não existe, que a outra Europa é uma doença.

De vez em quando fico caminhando pelos bairros afastados, vejo mulheres de preto sentadas às portas, por todos os lados essas estranhas mulheres do coro. Uma delas, quando passei – de sandálias, *blue jeans* e camisa aberta no peito –, soltou uma interjeição, desaprovando o meu aspecto moderno, possivelmente. Achei engraçado, mas ela não podia me aceitar: há mais de mil anos que ela vê o mundo passar, há mais de mil anos que faz coro com as vozes do destino que condenou Sócrates e Édipo.

Às vezes caio na rotina: saio pouco da pensão onde estou, vou até Sintagma – uma das praças principais – tomar um sorvete e ver algumas mulheres passarem. Você pode imaginar um lugar que tenha praças que se chamam Sintagma ou Omônia, e ônibus com o nome de Meta-qualquer-coisa (eu já criei um bairro que se chama Metafísica), cinemas ao ar livre, etc.

Não falo português há muito tempo – aqui até o alfabeto é diferente: sentado num bar, vejo a minha volta mais de dez cartazes, sem conseguir ler um deles sequer. Um descanso para os olhos. Se não estou ficando louco, então estou bem. A barba crescendo e nenhuma vontade de sair de Atenas. Vou ver se consigo algum trabalho e vou ficando. Do futuro, não sei. Como você não pode estar aqui, aconselho urgente a leitura de *The colossus of Maroussi*, o livro de Henry Miller, delirante como a própria Grécia.

Como frutas geniais e bebo leite. E vou à praia, no mar Egeu – por onde passou Ulisses. Estou bem, diga ao povo que estou muito bem. Abraço todos,

Cláudio."

Violência Negra

Irromperam em Miami novos motins no bairro negro de Liberty City. A polícia interveio energicamente, disparando contra os negros que saqueavam os estabelecimentos comerciais, previamente incendiados com coquetéis Molotov. Teme-se que haja muitos feridos, em conseqüência do fogo cerrado das forças da ordem, reforçadas pela Guarda Nacional da Flórida.

"Lena,
que estranha moradia é essa que você construiu para você mesma? que roupa mais apertada que tolhe seus movimentos? que grande, triste, linda, feia fantasia foi sendo tecida lentamente, pedra sobre pedra, como se constrói uma muralha? E quando todas as cordas arrebentam, você se lembra de uma, longe, distante e silenciosa. Terá também essa rebentado?

Não, não estou vivendo com ninguém. Não é o que você estava querendo saber? Tenho amigas, coisas de rotina. Só. E Nicole, que conheci em Paris. Sinto que sou eu mesmo e cada vez mais. Pra pior e pra melhor. Há certas coisas que não sei se você chega a compreender. Se eu contasse tudo o que tenho passado desde que abandonei o Brasil... mas pra quê? Não gosto de falar nisso. Saí do meu país e devo agüentar as conseqüências.

Você sugere que eu tenha 'me libertado' de você. Vamos falar claro. Tenho – vivencialmente – ido longe demais. Razões houve, mais do que suficientes. Há certas coisas que não posso mais possuir ou aceitar – caminho para coisas novas, me liberto das coisas velhas. Você para mim tanto pode representar o velho como o novo. Depende da 'dialética da neurose'. Suas últimas cartas têm me revelado a sensação de amizade – longe o fogo dos primeiros olhares. Certas fantasias devem ser destruídas, devemos tentar ver as coisas com mais realismo. Você pode ser a Lena-nova, como pode ser a Lena-velha. Da Lena-velha não gosto. Desculpe a franqueza.

A impressão que tive é que você escreveu a última carta num momento de fossa, estando sem ninguém, sozinha – até aí nada de mais: mas por que somente nesses momentos passo a ter alguma significação imediata? Em parte compreendo bem. (Sua carta é generosa, linda e boa, e me fez feliz; mas só por um dia: depois comecei a pensar; se ela significasse um todo constante, eu lhe diria para vir de vez, dar adeus a tudo...)

Lena, você é o velho que pode ficar novo, mas que se apega (ao velho) por medo e comodismo. Talvez eu esteja sendo duro, mas ao lembrar sua carta, penso em tudo o que poderia ter acontecido, penso no que poderíamos ter sido, no que poderíamos ter vivido – e sorrio. Mas esse sorriso se encontra com as antigas fantasias – e não sorrio mais. Comportamentos ambíguos – meu e seu – têm sabotado tudo, e ao mesmo tempo alimentado esses sonhos. E eu quero terminar com eles porque eu procuro a ação. É de ações determinadas que precisamos – para não sentir mais a areia movediça sob nossos pés. Lena, pise no cimento. Eu também faço força para isso. Pare um pouco, Lena. Faça alguma coisa. Quando um barco afunda é que a gente sabe bem como era bom ele estar tranqüilo à tona. Você, sua carta, me despertaram ternura, e por isso gosto e me irrito. Porque a fantasia te envolve em poesia e solidão.

Não sei mais o que dizer. Atualmente estou trabalhando muito. Me preparo para abandonar esse lugar que passei a chamar de Lelese. Entre meus vagos planos: talvez me estabelecer definitivamente em Paris. Lá tenho alguns amigos (não sou amigo do rei) e as coisas poderão se arrumar. Mas está faltando alguma coisa. Muita coisa. Talvez você. Te abraço.

Cláudio."

Flash-back: 1963

O MUNDO ESTÁ ERRADO

"*— Ils ne tirent pas sur les bêtes, dit-elle.
Je ris.
— Pas sur les bêtes? Mais si; c'est une chasse, voyons.
— Non, reprit-elle, ils ne regardent pas les bêtes; c'est nous qu'ils regardent.*"

Julien Green, *Le voyageur sur la Terre*

7/10
Ter a idade em torno dos vinte anos é andar em volta de si mesmo, em círculos, sem se compreender muito, sem ter se encontrado. Esse pensamento não muito tranqüilizante me ocorreu hoje, quando vinha para casa. Era noite e eu já tinha uma série de outros problemas a dar voltas na minha cabeça, e quando isso acontece só tenho um caminho: ir para a cama e esperar o dia seguinte.
Foi o que fiz.

8/10
Passei o dia na cidade, tentando rever os velhos amigos, tentando refazer os contatos interrompidos.
Relendo o que escrevi tempos atrás, decidi escrever alguma coisa que esclarecesse mais — para mim mesmo, evidentemente — alguns pontos de vista meus. Escrevi certa vez que não lia mais, que estava então interessado muito mais em viver. Como se fosse uma necessidade de pôr o passado em ordem.
É que houve várias mudanças na minha vida, em curto espaço de tempo.
Assim que terminei o curso clássico, ganhei uma bolsa de estudos e fui viver um ano nos Estados Unidos. Lá larguei a bolsa (na verdade, ela terminou e eu não quis voltar logo) e fui morar com os *beatniks* em Greenwich Village, com David, o barbudo, Fred the Pig e Dede (pronuncia-se Didi). David era um pouco o res-

ponsável pela minha doutrinação. Ele costumava dizer que eles – a sociedade – não podiam chamá-los de marginais porque eram – os *beatniks* – uma parte da sociedade americana, a parte podre dela – o que provava haver alguma coisa de errada com ela, a sociedade.

(Sei que não vou conseguir agora num simples diário: mas um dia conto toda minha história entre os desesperados, os santos, os loucos de Greenwich.) Geralmente roubávamos para comer. Mas só o necessário, nada além disso. Eu vivia de desenhos – fazíamos desenhos na hora, pra vender aos turistas, principalmente nos domingos, em Washington Square. David e Fred the Pig escreviam poesia. Dede se contentava em nos acompanhar e, no final do dia, entrava na divisão da féria. Quando era preciso, ela ia buscar comida no supermercado – não era roubar, segundo nosso raciocínio, mas tirar aquilo a que tínhamos direito, pelo próprio fato de estarmos vivendo, e vivendo ali naquele lugar.

Até essa época eu gostava muito de literatura. Quer dizer, não que tenha parado de gostar, mas deixei de levá-la tão a sério. Influência de David. Mas ela me chegou a ser útil: um dia eu ganhei dez dólares com um monólogo que escrevi na hora. Tive o cuidado de guardar uma cópia, o que aliás não era muito próprio do espírito *beat*. Eles queriam alguma coisa "louca", enfim algo que fizesse um pouco de cócegas no senso comum de texano (ou gente de Ohio) engravatado. Tinha um título imenso, *A little bit of nothing or how can an island communicate with another island when there is no bridge and nobody can swim?* – e era assim:

"*Look, young lady, if you think it's not right, you've surely, misunderstood me. What I'm tryin' to say since the beginnin' is very clear, you know. I wonder if you can follow me. What did you* say? How come? all right, but tell me now... no, no... I'm sorry if I've hurted your feelings, I don't want to be rude, but politeness is hipocrisy, don't you see? I'm a beat (I mean 'generation', man). You have to be realistic. I know it's much better to hear a nightingale singing at your window, but sometimes if you really pay attention, you may hear a keen, cold 'graaah!' of a raven. (And there are ravens in our souls, you know.) Try hard now. When a lady comes to you and says 'awfully nice to see you', does she really mean that? Do you get it? It's like that: when a cat come in the kitchen, jumps on your lap and says 'meow', what does he want to say? What? Yeah, I asked the same question twice. Believe me, young lady, nobody digs nobody. Questions, questions, questions. I'm getting tired of being reasonable, I had already decided that the best thing to do is to make no sense. Questions make me sick. And so, I want to be a poet".

Já não era mais com seriedade que escrevia coisas como essa, mas ao mesmo tempo tentava me justificar afirmando que, uma vez que tudo já havia sido dito antes, eu me satisfazia em escrever sobre nada, pois nada era o que havia de mais importante.

Hoje, mudei um pouco. É preciso dizer que mudei – não sei bem em quê, mas em alguma coisa mudei. Naquele tempo (como se fizesse muito tempo...), embora tivesse dezoito anos, eu era, ou me julgava ser, um *beatnik*. E agora de volta, o que sou? De volta à dura realidade anterior (anterior à própria descoberta do "nada"), de volta ao lugar, tão diferente, que me criou e pariu – o que sou?

Sim, parei de ler, de estudar, de crer em literatura. Tinha me decidido a viver e certamente vivi. Com intensidade, com amor, com ódio, vivi. Mas por mais que se faça, por mais que se tente, há sempre a minha volta, acompanha-me sempre, como se fosse uma capa, uma pesada sensação: dêem-lhe o nome que quiserem, angústia, tédio, fossa, esplim. É como se eu estivesse marcado, entende, a ferro e brasa. E não compreendo quando vejo os outros alegres, impessoais e alegres, medíocres e alegres, maus e alegres, bonzinhos e alegres, mesquinhos e alegres. Vem de onde essa alegria? Como é ela realmente em sua plenitude? Existe já no homem ou é adquirida?

9/10

Eu não sou um paralelepípedo, e é isso que me sustém. Pois é assim que eu julgo esses homens de terno-e-gravata: são todos uns paralelepípedos.

E foi para que não virasse pedra, dura e insossa, que deixei de andar (já de volta, longe do Village) com a turma com que andava, e voltei, consciente mas sem vontade, a um certo isolamento que antes mantinha, mais por natureza do que por escolha. Ainda ontem estive com eles, a "juventude". Ronaldo, o Bem-Bom, falou mais de uma hora sem parar, os olhos vidrados de Dexamil, Juca sempre às voltas com marcas de carro, Marcos expondo suas teorias de como "apanhar" mulher, e ao Zeca só interessa a bossa nova e a música americana. Assim são eles todos os dias: manhã, praia; tarde, ver as meninas; noite, chope – e no dia seguinte tudo recomeça.

Embora nada me interesse em particular, esse tipo de coisa não agüento mais. Gritei "chega!"

10/10

Não ser paralelepípedo – isso é importante. Por isso larguei a "turma", voltei ao apartamento, à solidão. Já são três horas da tarde e eu ainda não saí para almoçar. Li um pouco, voltei ao velho sacrifício eu-livro, livro-eu. Depois, voltei a lembrar de certas coisas, senti saudades de David, de Dede, dormindo com todos nós, de Fred the Pig, e me lembrei de Knoop. Por onde andará Knoop? Terá ido para o Exército ou rasgou seu cartão de alistamento? Ele fugira de casa, era o mais moço de todos nós, tinha um irmão que era escritor e vivia na Espanha (em Palma de Majorca), também ele queria ser escritor. Certa vez tentou se suicidar, quando ainda morava na casa dos pais, jogando o carro contra uma árvore. Apenas o carro ficou amassado. Depois, saiu de casa, largou o colégio e partiu sem destino, *on the road,* rumo a Chicago. Será que ele ainda continua escrevendo? Era o mais estranho de todos nós, o mais torturado. E tinha apenas dezessete anos!

11/10
"Homem algum é uma ilha": mas eu sou uma península...

12/10
À tarde – já que a manhã foi coisa de rotina – andei um pouco sem direção certa, o que faço seguidamente, para forçar a me acostumar novamente à antiga paisagem brasileira. (O pior e o melhor da vida no exterior é o impacto da volta, que dura muito tempo, às vezes anos.) Acabei chegando na casa de um antigo colega de escola. Conversamos sobre assuntos de interesse comum. No caso, mulheres. (Aprendi que isso é uma das condições para haver amizade – a de ter um gosto em comum, seja livros, mulheres ou corridas de cavalo.)

Mais tarde encontrei uma menina que havia conhecido por acaso numa sessão da Cinemateca. Ficamos conversando em frente do seu edifício. Lá pelas tantas ela me perguntou por que eu sorria tanto. "Porque sou sorridente", respondi. Mal sabia ela que o riso era um jeito de eu disfarçar o meu sem-jeito.

13/10

"It was all the same to him and he belonged to the world and there was nothing he could do about it." Jack Kerouac, *On the road.*

15/10

Mas por que essa tentativa constante de viagem ao passado? O futuro é como se fosse uma frustração garantida, por isso continuo só tendo o presente.

Mas a vida me escapa.

Noite

Voltando do jantar. Fiquei sem almoçar – dormi à tarde. Estou chateado com esse tempo ruim, chovendo constantemente. Fico vendo os pingos da chuva nos vidros da janela, como se estivessem agredindo.

Penso em L. Por que tenho pensado tanto nela ultimamente? Por que esse sentimento à distância? Se viesse a conhecê-la mais de perto, talvez me decepcionasse. Isso já aconteceu antes. É sempre a mesma comédia, e não consigo – confesso – desempenhar meu papel a contento. Tem sido sempre um fracasso (por isso às vezes prefiro a distância). Engraçado é que com as mulheres mais velhas é diferente. Quando não sou bem-sucedido, pelo menos não chego a causar má impressão. Por trás dessa conversa toda, o problema que existe é a solidão: como areia movediça, vai me sugando pouco a pouco para dentro.

Decido ir para Petrópolis. Engano a mim mesmo que não é por causa de Lena – que foi passar uns dias por lá –, e que vou apenas para mudar o cenário, embora o tédio haja de continuar a se desenrolar.

16/10
Mudei o cenário, sim, e eis-me aqui em Petrópolis, onde chove continuamente há dois dias, como se não houvesse mais possibilidade de sol.

18/10
"Isn't true that you start your life a sweet child believing in everything under your father's roof? Then comes the day of the Laodiceans when you know you are wretched and miserable and poor and blind and naked, and with the visage of a gruesome grieving ghost you go shuddering through nightmare life..." Kerouac, On the road.

21/10
Eu não costumo prestar atenção ao que os outros dizem ou escrevem, mas quando li, numa crônica de um jornal de hoje, a afirmação de que o intelectual é, acima de tudo, um chato, concordei mentalmente.

Porque eu tenho medo. Sim, tenho medo de me tornar um intelectual. Não quero chegar a tratar dos "princípios gerais e influências da cultura européia na formação do Brasil Colônia", ou do "comportamento fenomenológico dos grupos sociais do Senegal", ou "da importância do pão de centeio no crescimento das unhas dos pés do homem medieval".

Não, não é bem assim. Sei, no fundo, que jamais serei um deles. Não passo de um selvagem a quem foi imposta esta carga, educação. Estou falando essas coisas porque passei quinze dias trancado em casa, aborrecido comigo e com o mundo, fumando, arquitetando mil-e-um-planos, e principalmente lendo.

Flávio, um amigo meu, disse que leitura pode ser fuga. Se é verdade, eu tenho fugido muito ultimamente. Quem me viu e quem me vê! Talvez seja isso: lendo me sinto menos só; é um paliativo, uma cômoda maneira de transcorrer o tempo, e a gente com ele. Minha intenção não é a de aprender. Aprender se aprende com a vida. O resto é esse blá-blá-blá chato e paternalista.

Vou dar um exemplo. Um dia desses, estava num bar com um amigo, Gustavo. Então chegou um sujeito tido e havido como poeta – se fosse só isso, mas pior: teórico de poesia. Resolvi não falar, fiquei quieto no meu canto, ouvindo a conversa dos dois. Tento reproduzir algumas frases dessa conversa. Juro como não sou autor delas. Ei-las:

(Sobre Kafka): "Era como se tudo estivesse sendo visto através do fundo de uma garrafa, ou fora de foco, sim, acho que é isso: é como se a realidade estivesse fora de foco, não é?"

"Eu vou mais longe ainda: a beleza, em Kafka, se perde muito por causa de toda essa atmosfera..."

(Perguntaram ao poeta o que ele achava da beleza. Ele tirou os óculos lentamente, era a pergunta que lhe convinha.)

"... é qualquer coisa mais do que um simples estado de espírito. Não é simplesmente as dunas da praia (Freud diria: os seios) nem rosas, nem tardes de chuva, nem um sorriso de mulher que passa, cheia de graça. É também ouvir Bach, Monk e Vivaldi. É saber entender as mulheres, como Antonioni; é compreender Maysa. Mas beleza é principalmente a mulher azul de Chagall."

"Você me lembra um diálogo de Platão, onde ele pergunta a um discípulo o que é a virtude, e o discípulo responde citando as virtudes..."

"Eu queria dizer que o belo existe a partir do real. Concordo que não deva ser elemento de alienação. Como diz Durrell, a arte é a única coisa que nos faz tocar no nervo da realidade."

E assim foi noite adentro, até chegar a hora de pagar a conta (quase vinte copos de chope).

Sou um deslocado. Sou um desloucado.

22/10 *(de madrugada)*
Entretanto, eu li. Amigos, eu li! Mas acho que reajo aos livros muito mal, da mesma maneira como reajo à vida. Ou seja, de um modo indiferente. Não são frases que eu adulo e brinco: são sensações que adquiro. E se eu olhar a "mulher azul de Chagall" e sentir qualquer coisa, é porque o quadro me transmitiu emoção. As explicações são dispensáveis. É preciso confiar naquilo que sentimos (isso eu aprendi com o Ornette Coleman). E quem não sente realmente, arruma-se com autodesculpas.

24/10
Cheguei em casa e fiquei ouvindo Miles Davis.
Que região é essa, melancólica e desconhecida, à qual ele me transporta?
O reino, a fantasia, outra vida a meu alcance.
O peso da bebida nas pálpebras e a leveza da música fizeram com que eu dormisse como um justo. Ou como um porco.

27/10
"Caro X,
Você não quer uma carta pequena como resposta, um simples bilhete. Paro diante da máquina. Você xingou, eu sorrio. Não, não é simples manifestação de preguiça. Você deve compreender: já vai fazer um ano que estou de volta e ainda não me acostumei com as antigas calçadas, ainda não consigo olhar todos nos olhos, sinto-me um pouco estranho, esquisito, ouço sons que já havia esquecido, tropeço em pequenos gestos e frases. É um incrível sintoma de deslocamento. De neurose. Há portanto uma impossibilidade esmagadora de escrever, de agir, de criar, de fazer, de viver, enfim. E eu me pergunto que estranho masoquismo é esse, de não conseguir saltar fora da confusão. Por isso,

antes de concluir qualquer coisa, eu desligo, se começo a escrever uma carta, não a termino, ou só venho a terminá-la dias depois.

Sim, já não sei mais nada. É o que existe de certeza. A imensa dificuldade de ter alguma objetividade. Drummond, esse é o tempo dos homens partidos. Já não existem condições para sermos inteiros. Não vivo: apenas mantenho o equilíbrio. Pasárgada nunca existiu. A verdade da goiaba é o verme que ela traz dentro, blá-blá-blá...

É tudo como em *As cadeiras* de Ionesco: espera-se muito tempo pelo orador; toda a atividade se resume em arrumar as cadeiras para a espera; finalmente ele chega, puxa seu discurso do bolso e emite apenas um som gutural. O pano cai, estava dada a mensagem.

No mais, posso dizer a você que atravesso razoável fase de leitura: um romance de Sábato, um argentino (resultado de Kafka-Camus-Sartre), Graham Greene, Nabokov, Kerouac *(The Dharma Buns)*, Clarice, *La nausée,* Gide, Julien Green e Kafka.

A revista que a gente estava pensando em lançar aqui, deu pra trás. Falta de dinheiro. A revista *Senhor* quebrou.

Desculpe o pessimismo desta carta, desculpe não ter conseguido te dizer o que você talvez estivesse precisando, desculpe, não estou conseguindo terminá-la.

A não ser que seja assim, de repente. Um abraço do

Cláudio.

P.S.: Tua carta me chegou sem assinatura. Freud explica."

30/10

Se pouca coisa de objetivo eu disse até agora sobre mim, é que esse diário está nascendo para morrer na gaveta ou na lata de lixo. Ou então darei a ele um fim que me agrada: vou jogá-lo ao mar (eu moro perto do mar).

De nada adiantaria dizer aqui meu nome verdadeiro ou suposto, onde nasci, quando, quem são meus pais e toda essa papagaiada tipo-ficha-para-arrumar-emprego. Além do mais, já estou farto de saber todos esses dados. De que interessa de onde venho ou o nome, essa convenção idiota? O que importa é isso: para onde vou. Para onde vamos.

E isso eu não sei.

Não me lembro ou não quero me lembrar o que fiz no dia de hoje. É noite agora. Estou sozinho no apartamento, o que me oprime um pouco, pois cada canto dele, cada móvel, me trazem recordações que eu bem gostaria de esquecer. É como se as paredes me olhassem com ar de ameaça. O apartamento está sujo, uma desordem que já se tornou habitual, os jornais esparramados pelo chão, roupas atiradas, a cama desarrumada, a mesa onde estou escrevendo com livros e papéis amontoados, os cinzeiros cheios. A lixeira já transbordou. E como se isso não fosse suficiente, não há água nas torneiras – e o calor é grande. O radinho de pilha com as pilhas gastas. E no meio de tudo isso, sem forças e integrado com esses elementos, eu.

Eu, também um elemento em decomposição.

Preciso comprar uma eletrola. Se o tempo continuar assim, vai chover, não tem estrelas no céu, e se chover, não haverá praia amanhã. Estou precisando apanhar um pouco de sol.

Mas o mundo que vá às favas. Eu também. Vou sair. Agora. Nesse momento. Caminhar um pouco, senão morro poluído.

Segundo caderno: 1967

MEU NOME É ARTHUR RIMBAUD

"... no fundo ser sólido é atributo do mármore e acho mesmo que a gente vai morrer assim, de pura aflição entre um orgasmo e outro."
de uma carta de Chico Otávio

ELES EMPURRAM VOCÊ COM FORÇA: não esperam que você se apresente: quando podem pegam você pelo sentimento: finalmente, chegam mesmo a persuadi-lo de que você está em sua casa: mas as palavras que (eles) pronunciam ferem seus ouvidos e é então que você começa a procurar o fio que imagina deva existir entre você e *alguma coisa;* mas você nada encontra e mal consegue se lembrar de uma rua ou de um rosto, que lhe parecem então completamente estranhos; mal consegue se lembrar de você mesmo.

Foi assim no início.

E no entanto é preciso restabelecer as partes, encontrar pelos caminhos os pedaços perdidos de você mesmo. Montar o quebra-cabeça. É o trabalho de um detetive em terra completamente estranha. É o trabalho de um detetive que procura a si mesmo como criminoso – sem saber.

É preciso tempo. E enquanto isso você assiste o tempo passar.

Como se tivessem trancado você dentro de um quarto no mundo em que você viveu, amou, mas do qual (pelo pouco que você conseguiu ver) não subsiste mais nada.

Mais nada.

Nada.

Nonada, João.

Alguma coisa:

A rua não é uma rua qualquer, com seus bares, lojas, armazéns, os transeuntes apressados, tão graves na aparência. Gente que esconde no rosto a verdade de outros momentos. A rua – quer dizer, a rua onde você viveu – não se parece mais com as outras ruas da cidade, com as outras ruas do mundo. Ela está vazia, sem importância – você não consegue refletir sobre seus habitantes. Mas é a sua rua: amigos, companheiros, parentes, alguém que você não consegue desenhar sequer os traços, o rosto, mas os menores detalhes lhe apertam o coração como se fosse um soco.

E você se sente sem condições de reagir.

Olhe para o céu. Olhe para o céu: está escuro e faz frio. E chove, naturalmente. Naturalmente, uma mulher é esperada numa esquina, num canto qualquer da cidade que não é a sua.

Silêncio agora. Uma brisa. Você tem a impressão de estar na janela, em pé à janela. Ou na porta. Vê, enxerga tudo. Nada lhe escapa: Sabine com seu ar de senhora distinta (mas cansada). Você está sentado na cadeira, chateado, esgotado, irritado. Esse sentimento obsessivo de ter de fazer alguma coisa para deixar de não-fazer. Para fugir (?). Esse cheiro de cigarro em todos nós. A boca de Sabine se mexe. Estará dizendo alguma coisa? Seria preciso um esforço muito grande para chegar até aquelas palavras, romper seu isolamento, alcançá-la. Sobre que estará falando? A menor curiosidade. Um crime? O gosto de cigarro na boca, o gosto de sangue.

Sabine, crime que você não cometeu.

Por momentos, penso perceber um aroma suave.

Eu quero, eu quero partir.

A porta aberta forma uma corrente de ar e alguns papéis começam a voar. Sabine se vira na minha direção e me olha no rosto (olhosolhos), inquieta. Está na hora do almoço. Minha cabeça cheia de fumaça. Seria o suficiente me levantar, caminhar até a porta da rua, abri-la... Sabine... Sabine traz uma expressão no rosto para me comunicar que está descontente. Por mim, não vale a pena. Sem mais nem menos, tenho vontade de gritar você é uma vaca, você é uma vaca – porque tudo aquilo me parece absurdo, porque tudo aquilo é absurdo, e eu parte dele, e a minha cabeça gira e eu quero sair – porque tudo é insuportável.

Acho que estou doente.

Tenho qualquer coisa dentro do meu peito. Talvez um rato.

Tento me concentrar: não sabia mais quem eu era, nem quem havia sido. Quem eu havia sido anteriormente. Antes. Depois. Agora. Pois existem homens que chegam a saber, que abrem enquetes sobre eles mesmos, que se chamam árvore, flor, cão, mas nunca pedra ou porco.

Havia uns homens me seguindo. A cidade inteira estava me seguindo, pretos, brancos, amarelos, marrons, azuis, ruivos, toda a Terra me invadia, e mar e céu – onde finalmente aparece algum raio de sol ao qual você se apega.

"Dirija você, prefiro assim. Isso te chateia?"

Sim. Tudo me chateia. O carro, a estrada. Onde estou? que estrada é essa? E se meto duzentos quilômetros por hora?

"Você é louco?" Sabine fica nervosa.

Meu-deus-do-céu, onde nos levam essas estradas todas?

Paro para botar gasolina. Um carro só anda com gasolina. Um carro só anda na estrada. Sabine me sorri. Ela quer dar a impressão de que nada aconteceu, não houve um acidente, nem fome, nem prisão – que tudo é um pesadelo que tive. Nonada, Sabine.

Pesadelo: estou acordado.

Choveu ontem e a grama ainda está molhada e há um odor agradável.

Estamos muito longe da cidade?

Mas de que cidade?

Agosto. Ou setembro. Não faz mal. Não faz sentido. Meia-noite aproximadamente. Jantei sozinho num restaurante chinês no

Quartier Latin. Quando chego em casa (dia seguinte), as portas batem, as cortinas dançam. Está tudo aberto. Tateio a parede antes de acender a luz. A avenida se esconde sob as copas das árvores sombrias. Chove. Não sei se dormi. *It's raining. Il pleut.* A casa aberta, violada – exposta. Não sei...

É assim pouco a pouco que a febre me invade e me rouba todos os segredos – no passado. Uma praia. Eu me via criança correndo nas dunas de areia, ou em casa, brincando com as gravatas, com as formigas em fila indiana no quintal... O reboco da parede começava a cair devagarinho... Ei-lo agora a cair sobre mim!... Aaaaah! me dê a mão... me esconda... depressa, depressa... o reboco sobre mim... A terra gruda na minha boca; você queria que eu me alimentasse de terra como a serpente se alimenta da terra, e a alegria palpita nas folhas das árvores e nos gritos-canções dos pássaros. A chuva é uma criança brincando na chuva. Não, não, não: esconde esse sol!... ele está sobre mim. Sobre meu peito, o reboco, e pedra e sol;

caio em pedaços.

Felizmente há essa água fresca e salgada.

– Ele chora. E se chora é porque está vivo. Seu corpinho se mexe...

Mas sim sim sim sim ainda existe isso: a catástrofe. Momento único e só seu. Meu olho está mole, ele se mexe demais, parai-o! – o cinza, o pó; um golpe, um golpe; um plá! de vaso quebrado e armário caindo na minha cabeça.

Silêncio, silêncio...

Respire fundo... Assim... de novo... Respiração lenta mas quase mecânica, contínua. A voz. Debaixo da terra. A voz vindo não-sei-de-onde. O campo. Se for preciso que se destrua essa casa. Que se destrua. Estou dizendo. Nada vai sobreviver, compreende? Estou falando. Me escuta. Nada. É uma criança única. A carne quente da mãe. Todo o resto do mundo começava a brilhar. Os braços se transformavam em rede que acolhia o corpo cansado. O corpinho cansado. O menino era o centro dos olhares. Eu me debatia, vontade danada de quebrar tudo, mas tinha a sensação de cair sempre no mesmo lugar.

No mesmo lugar.

Mesmíssimo.

O mundo inteiro degringolava. Buracos por todos os lados. Por todos os lados. O menino estava dentro de um dos buracos. Desconsoladamente. Buracos fundos, profundos.

Noite de agosto (ou setembro), ainda úmida de chuva. Caminho pelas ruas de Paris. Os tipos que passam. Olho para eles, eles não me olham. Caminho. Entro num bar, saio sem ter bebido nada. Duas horas da manhã. Olho a rua. Paro em frente do edifício de Nicole. Ergo a cabeça e vejo as luzes ainda acesas em seu apartamento. Vontade de vê-la. Ou de não ficar sozinho. Entro. Subo lentamente as escadas. E se estiver com alguém? Subo lentamente as escadas. Bato à sua porta. Ela me olha espantada.

— *Bonsoir!* Que há com você?

— Vi a luz acesa...

— Entra, entra... Como vai você?

— Faz tempo que a gente não se vê...

— Você jantou?

— Jantei, obrigado.

— Tá com cara de quem não comeu...

— Se tiver qualquer coisa pra beber, eu aceito.

Sim, conheço bem esse apartamento. Pequeno, bem montado. A eletrola no canto tocando Bach. Uma toalha jogada com jeito.

Uma carta fora do envelope. Um livro de Sartre *(La nausée)* aberto e jogado ao chão.

— E Sabine? — pergunta ela.
— Viajou.
— Sem você?

Bebo um Pernod. Ela está de joelho sobre o tapete. Segura uma revista. *"C'est bien que tu es venu. Ça me fait plaisir."* Uma música: um *soul* cantado por Barbara ou Aretha Franklin. Me sento no chão. Observo, sou observado. Mas dessa vez sei que não sou um animal raro. Pergunta se eu quero cerveja. Já é tarde. O apartamento é acolhedor. Sempre foi. Tenho vontade de rir. Em seguida uma leve dor de cabeça. A música termina. O Pernod também. Passo para a cerveja. Bebo. Ponho o copo de lado, no tapete. O outro lado do disco. De repente me levanto.

Nicole me acompanha com o olhar. São três horas da manhã.
— Já vou...
— Querendo pode ficar. Não vou dormir agora.
— Tenho de ir.
— Não é obrigado... Chega de repente e parte de repente.
— *Oui, c'est comme ça...*
— Cláudio, o estranho...
— Volto outro dia...

Nicole, a música e a bebida me acalmaram um pouco.
As ruas longas e desertas.

O círculo: as caras, as mesmas caras.
As frases, as mesmas frases.
O mesmo cheiro. O calor (o cheiro) do metrô.
As pessoas. As pessoas que passam são desconhecidas. Você olha para os lábios das pessoas esperando ouvir as palavras conhecidas — mas o som é outro. É outra a cidade. A vida é outra.

Como um gato, sete vidas. Você foi abandonado numa porta qualquer, desculpe, mas ninguém conhece sua mãe ou seu pai.

    Mas não, você tem passado.

    — Não vou voltar. Não quero.

    O círculo rodando. O cinza desta cidade. Nascer, morrer, renascer. Morrer de novo. Sete vidas, um gato.

    — Na realidade, não posso voltar.

    A cidade é um labirinto. Para voltar (para onde?) é preciso encontrar a saída.

    Então, você fica.

Faz muito frio em Amsterdã. Você caminha até o Domo, se diverte vendo a polícia dispersar os *provos*. Eles esperam os guardas se afastarem e voltam para o mesmo lugar. Molham o rosto na fonte da praça, penteiam os longos e sujos cabelos. É noite e você entra num bar escuro e cheio de fumaça e um homem se aproxima e oferece haxixe numa bandeja. As mulheres são altas e louras e sorriem. Dois homossexuais andam de mãos dadas pela rua. A cidade é tranqüila e você caminha até a vitrine das prostitutas. Nada lhe parece impressionante. Tudo limpinho e bem arrumado como uma casa de bonecas.

    (Todas as cidades são a sua cidade. Você está e não está em casa — e não pode sair. Nada o incomoda mais do que a *sua* família. Pois aqui você também está em casa. E não adianta sair.)

    Eles assassinaram o único testemunho de todos os tempos e me colocaram no seu lugar. Não, o amor não me diz respeito. É uma poesia malfeita — e inútil como toda a poesia. Conheço alguma coisa. Já dormi em cama de cimento. Já fiz parte da sujeira geral. Depois andei e fui até o cemitério. Acendi uma vela e vi através de um orifício de esqueleto da minha avó portuguesa uma pequena serpente branca. Só tinha olhos para a serpente.

Ela talvez tivesse me mordido pois senti sono e frio. Levantei-me e saí correndo, só parei numa areia branca onde caí deitado. Enquanto dormia, me tiraram o relógio de pulso e os anéis. Teriam me tomado por morto.

Chego finalmente à cidade. Subo suas escadas. Ouço o barulho das metralhadoras. Os invasores executam a população capturada. Procuro por minha irmã. Onde estará minha irmã? Onde a terei abandonado? Serei culpado? Sou um crápula. Procuro desesperadamente uma arma. Um homem me segura pela mão. Me arruma um fuzil. Procuro um revólver ou uma metralhadora. Vou e pergunto onde está minha irmã. Se eles não me respondem, passo fogo!

Abandono a cidade. Será preciso voltar. Matarei todos aqueles que não responderem minhas perguntas. Um por um. Filhos da puta. As armas. Onde estão as armas? Uma guerra vai estourar e eu insisto com as ameaças, sem levar em conta que é com tanques que eles abatem nossas casas...

("De pronto notamos que el fuego de ellos disminuía hasta casi desaparecer. El combate no había mantenido siempre la misma intensidad así que aquello podia ser uno de esos momentos de receso. Mandé que los hombres mantuvieran sus posiciones. Hasta que nos convencimos que se habían retirado.

Nos bajaran al sótano. Habia como cuatro o cinco prisioneros más. Gente que habia venido a la audiencia y que también habian cogido. 'Quedense ahí: que nadie se mueva!' – dijeron y se fueron. Nos podian haber matado a todos pero dijeron 'no se mueva nadie' y se fueron. El teléfono comenzó entonces a tocar... a tocar. Me fui arrastrando y levanté el auricular: 'Que pasa? No sé, lo que pasa que hay muchos tiros aqui'. Si habian quitado los uniformes y las habian dejado en el Salón de la Audiencia y fusiles, revólveres y eso. 'Oye', le dije los otros: 'la gente se fuir'. Arrastrándose salieran. Al poco rato el Ejército tomó aquello.")

Eram aproximadamente seis horas da manhã quando os pombos me acordaram – é impressionante como esses pombos podem fazer tanto barulho. Quase não dormi essa noite. Eis-me numa manhã de setembro (descobri o mês no *Le Monde* de ontem).

Desci e tomei o café da manhã no bar da esquina. Os operários discutiam entre si e bebiam já àquela hora vinho ou cerveja. Uma mistura de sons muito próprios a essa hora da manhã me chegava aos ouvidos. Pedi um *café-creme* e dois *croissants* – e de repente senti que deveria partir, pois não agüentava mais tudo aquilo por muito tempo.

Estava marcado que Sabine voltaria hoje de Deauville. Ou seria Nevers?

Fui para casa. Sem pensar, comecei a arrumar minha valise pequena. Comecei a escrever um bilhete para Sabine, mas rasguei-o antes de terminar. A cidade tinha um ar matinal, com o colorido das pessoas e do bom tempo.

O carro de Sabine me esperava embaixo. Deveria apanhá-la em Deauville. (Nevers?) Ela que esperasse. Hesitei em entrar. Mas resolvi continuar a agir sem pensar e entrei. Liguei o motor e o rádio. Nos grandes boulevards havia pouca gente. Dobrava uma esquina à direita, outra à esquerda, ao acaso, fazendo força para me perder. Mas conhecia demais esse quartier. Vontade de ir, sem saber para onde, mas ir...

Na auto-estrada havia uma cerração que igualava as cores e os contornos das coisas. Uma paisagem desenhada a nanquim. O carro obedecia docemente às minhas mãos. Acendo um cigarro, o primeiro do dia. O vento me machuca o rosto. De repente, o Aeroporto de Orly. Hesitei entre parar o carro e continuar viagem.
Eu tinha toda a estrada pela frente.

> *"Je leur ai crié 'Au secours! Au secours!' rien que pour voir si ça leur ferait quelque chose. Rien que ça leur faisait. Ils poussaient la vie et la nuit et le jour devant eux les hommes. Elle leur cache la vie aux hommes. Dans le bruit d'eux-mêmes, ils n'entendent rien. Ils s'en foutent. Et plus la ville est grande et plus elle est haute et plus ils s'en foutent. Je vous le dis moi. J'ai essayé. C'est pas la peine."*
> Céline, *Voyage au bout de la nuit*.

As mesmas vozes repetindo sempre as mesmas palavras: não há mais estórias a serem contadas. Tudo sem originalidade, tudo falso. As palavras passaram a existir sozinhas. Ela: seus olhos brilham em frente dos meus. Cuidado com ela, ela é a louca da cidade, vestida toda de roxo e com um chapéu cheio de penas e plumas. Mas ela é real. Ela é tão real quanto o menino que se esconde com medo dela. Sim, sim, é a negra louca vestida de roxo. Ela corre atrás de um bando de crianças maltrapilhas, atirando pedras. É carnaval (ou a guerra?) e ela se fantasia mais ainda. Os dois irmãos perderam a chave de casa (pois havia ainda uma casa). Talvez a tenham jogado no rio-riacho – ela não servia pra nada. Você precisa compreender. Nós pedimos desculpas, suplicamos. São raposas soltas pelas ruas. Raposas loucas, desvairadas. Não: não são mais nossos irmãos. Os sujos não respeitam mais as mulheres grávidas – mas as mulheres grávidas precisam ser violentadas! Não. Não. Todos se vestem de branco. De branco. Todo mundo sabe que nós não fizemos nada de mais; podemos provar e comprovar... mas eis os inimigos! É você? você? você? Eles baixam sobre a cidade; fugi, senhores, fugi – enquanto é tempo, correi! Não vos deixeis prender. Ao inferno com eles! Eles são os grandes caçadores que nos caçam. Nós somos os animais correndo. Mas nós nos vestimos de galhos e raízes selvagens. É a guerra, não há como fugir. É a guerra e são todos irmãos. São todos bastardos. Filhos-da-puta, todos. O sol que corre em nosso sangue não é o suficiente. O sol no sangue queimando a carne. É por isso exatamente que nós nos despimos e deixamos as veias à mostra. As veias são cordas de violinos que não emitem música. Cordas de violinos. O sistema nervoso é uma instalação elétrica – mudá-la. Mas ela não pára de se mexer. Ah, que cheiro! De onde vem esse cheiro? do estábulo? do metrô? dos cadáveres? de uma boca de mulher? Dizei-nos o que é isso, senhor! Cuidado: cuidado com ela, ela está na varanda. Na varanda. Nós já estamos cansados de prevenir que um dia ela se jogará dessa varanda. O estábulo. A vaca não está no estábulo. A vaca está na varanda. Ela se chama Viridiana. É preciso vender Viridiana. Vendei-a, senhor! Rasgai seu corpo e dividi sua carne entre os habitantes da vila. Dai às viúvas, deixai os chifres conosco. O vosso fim se aproxima. Vá ver se Viridiana está no mesmo lugar. Ela cheira mal. Teremos víveres suficientes? Viridiana pensa. Mas eis que chegam os homens verdes. São eles, são eles os invasores. Se eles não partirem arrancaremos suas barbas a canivete. Eles vieram para nos colocar em correntes. Sempre, sempre essas correntes. Viridiana, as fardas, o cheiro, a varanda...

Você está delirando?

Você se imagina Prometeu...

Levantei os olhos sobre seu rosto pálido, sensual, e era um pouco eu, sim, eu com meus quase trinta anos, ainda solteiro, envolvido numa ligação com Sabine, uma mulher casada, eu que não acreditava mais em nada, e não levava nada muito a sério, e que não me deixava levar pelo mundo e a vida e a política e a glória e a felicidade e tudo o mais que segue a isso, e solitário, não por impotência mas por necessidade, tendo sido quase sempre bem-sucedido, bem pago, em bom estado de saúde, a quem a vida não podia mais reservar surpresas, não tendo mais nada a aprender que já não conhecesse; numa idade em que começavam já a se anunciar os inícios das contrariedades da idade madura, numa idade quando se casa ainda num momento final com chance de viver bastante tempo para ter filhos que começarão seus caminhos, e ela, iugoslava, bela, ainda jovem, e que significaria todo outro gênero de vida, e estrangeira iugoslava, inteligente, pintora, oportunidade surgida como surpresa de viagem, nada mais, nada menos do que isso, mas trazendo nos olhos sua verdade – esse terrível olhar de pequeno animal de floresta –, com uma grande reação defensiva, autodestrutiva em relação ao mundo, mas vivendo sempre como uma questão de vida ou morte.

Ela se chamaria Alexandra, ou Sacha, ou Belgrado, e era preciso partir, porque é sempre preciso partir.

Mas você está em Belgrado.

Num bar nas proximidades da embaixada, tomando sorvete com uma moça que se chama Sacha. Surpreendentemente, ela fala a mesma língua que você. Como não está trabalhando no momento, tem o dia inteiro à sua disposição. Saem do bar e vão até as ruínas de um castelo antigo – da época da invasão dos turcos. Quando vocês estão passeando pelo jardim, você pela primeira vez pensa em segurar sua mão. Mas qual a razão? Você se pergunta e o gesto não é completado. Sacha usa óculos e se parece levemente com a atriz de *A faca na água*. Simpática, de corpo bonito. (Lembra Chico falando: mesmo quando são feias, as iugoslavas têm sempre as pernas maravilhosas.)

Depois vocês estão caminhando despreocupadamente pelo centro de Belgrado. Sacha pede um minuto para passar no emprego da mãe. Ela trabalha nos Correios & Telégrafos. Você vê o povo nas ruas, e nota as pessoas humildes, as mulheres lindas, sempre sem maquilagem.

Sentam-se num banco de praça para descansar. Não têm mais o que conversar e de repente estão se beijando. Beijam-se de surpresa e ternura.

Você esquece Paris, você esquece Sabine.

Vocês estão se beijando num banco de praça, numa cidade que começa a ficar linda por causa de uma mulher.

Sacha: Alexandra Sacha: Belgrado.

No dia seguinte você vai almoçar na casa dela, em Novy Beograd, do lado de lá do rio Danúbio, numas construções modernas que lembram Brasília. Depois do almoço vão passear nos jardins das proximidades. Perto do palácio de Tito. Novamente se beijam e vocês ficam muito, muito excitados.

– Não... não posso... sou noiva...

À noite vocês vão a uma boate.

Porque não há mais condução àquela hora, você vai dormir na casa dela. Ela não quer, ela não pode. A mãe. No outro dia de manhã vocês estão sozinhos. Quando ela sai do banho enrolada numa toalha, você chama por ela.

E ela vem.

E tudo acontece muito depressa, mas sem precipitação, como uma decorrência natural – e nenhuma palavra foi preciso dizer, antes ou depois. Vocês são duas crianças felizes.

Vocês são duas crianças tristes: ela quer saber mais coisas sobre o seu país, se prepara para pegar o trem, vai para uma fazenda ao sul. Você também tem de partir.
— Vai ser bom passar uns tempos na fazenda...
— Quer dizer que você não vai sentir minha falta...
— Isso a gente não precisa dizer... Eu sei como estou me sentindo.
— A gente devia viajar juntos...
— Eu quero... me encontrar com você em Paris...

(Quem é você?
Quem sou eu?
Quem somos nós?
Onde, onde está você?
Por onde andas, onde te escondes que não te encontro?
Vem, não importa teu nome.
Amor.
Esperança.
Amor.
Liberdade.
Amor.
Povo.
Amor.

No lado esquerdo da estrada há um cartaz:
    POLÍTICA – PROVER
    POLÍTICA – POLÍCIA)

Todos os males do mundo sobre tua cabeça.
— Sou Édipo,
plebeu,
viajo à procura de minha mãe
para poder fugir dela.

Todos os males do mundo sobre tua cabeça.
— Sou Hamlet
e não sei o que sei
pois o que sei
não é.

Todos os males do mundo sobre tua cabeça.
— Sou Prometeu
distribuo minhas tripas
aos abutres do cotidiano.

Todos os males do mundo sobre tua cabeça.
— Não, meu nome é Arthur Rimbaud,
fui poeta,
hoje faço contrabando de armas
para a América Latina.

Lutei na ilha
e morri na solidão
de um pantanal boliviano.

As palavras só são palavras quando acompanhadas do gesto. (Escrever é a ação de escrever.) É isso que me ficou de Homero e de uma conversa com Jorge Laclete. E depois tomamos sangria (com Sabine e Nicole) num bar da praça Saint-André-des-Arts. A noite ficou vazia com a obrigação de pegar o último metrô. A lógica está no sentido – sexto – que você dá às coisas. Estou tão lúcido hoje que sou incapaz de ser otimista. Nossas horas são perdidas em lamentações. Não somos – e talvez não seremos nunca – totalmente adultos: "faire l'amour" é o desespero da morte. A simplicidade da vida é muito, muito complicada. Ou você questiona as coisas e fica questionando-as até o fim – chegue onde chegar – ou você canta. Cantar é sempre uma ação – talvez a mais bela.

São seis horas da manhã de domingo, mas isso não faz nenhum sentido. São seis horas da manhã de domingo e Sabine dorme. São seis horas da manhã e eu bebi vinho e sangria. São seis horas da manhã e eu não me arrependo que sejam seis horas da manhã. Não me arrependo porque não tenho nada com isso.

"Amigo velho de guerra,

um abraço de quem está longe. Eu andei pensando e depois de muitas perquisições, inquisições e coisa & loisa, cheguei à conclusão de que você não passa de um santo. Sim, um santo. Você e o Nelson Cavaquinho atingiram a santidade por vias diferentes e são os dois únicos santos que conheço – do que muito me orgulho. Por isso você deveria estar no Vaticano ou na Lapa – nunca aí nas Nações Desunidas.

Eu tenho vivido. De resto, muito mal. Mas eu tenho visto o dia sorrir de madrugada e atrás dele um rosto de mulher que me fascina e humilha. Quem é ela? – mas há um rosto de mulher (e corpo e olhos e sexo) que me vigia e chateia.

Que faço desse impasse?

Onde posso jogar fora meu tédio?

Estou atualmente em algum lugar da Europa como você já deve ter percebido, mas amanhã posso perfeitamente não estar mais aqui. Caixeiro-viajante da minha neurose – estou procurando, estou fugindo.

Você não entendeu até hoje por que eu não fui pra'í. Eu te digo: porque não pude, estranhas cordas me prendem aqui. Assim, estou dividido. Estou perdido. Um dia eu amanheci e de uma hora pra outra resolvi partir. E quando dei por mim estava num bairro afastado de uma cidade linda e misteriosa chamada Budapest, às margens de um rio que não é azul e que se chama Danúbio. As mulheres são maravilhosas, das mais belas que esses olhos castos têm visto. Eu tinha dois olhinhos iugoslavos que me acompanhavam de longe e que me encontrariam aqui. Mas ela não pode sair de seu país. Por incrível que pareça eu ainda tenho lá meus planos. Estou em crise, é verdade — talvez a maior que me apareceu até hoje. Estou sendo trágico mas é necessária a visão cômica: sou Dom Quixote e Sancho Pança. Quero evitar aventuras românticas. Não sinto medo (ou sinto um medo que me engole).

Acho que você fez muito bem em ter se mandado pra'í. Me alegra muito que estejas vivendo 'mais que nunca o amor'. Tudo indica que você acertou. Estou em cima do muro. Não é ainda a derrota, mas cansaço: tenho de criar forças para começar tudo de novo — mas que seja realmente uma nova fase e não uma repetição da velha e ofegante marginalidade. Passei uns tempos sem saber o que era fossa. Sabine: estava no início. Hoje estou nela, por todos os lados, é tudo uma merda. Todo mundo está se autodevorando numa incrível neurose geral. Dá pena. Se não nos cuidarmos, não sobra ninguém.

Esta carta pode te preocupar um pouco. Estou péssimo para escrever hoje. Gostaria de te contar algumas coisas alegres — como nossas conversas à beira do Piabanha. Você faz falta. Quando mais não seja para se discutir um pouco. É uma merda, amigo, mas vê se aproveita bem, preserva tua unidade.

Pois hoje, particularmente hoje, sou vários pedaços. Um beijo na testa,

Cláudio."

Eu estava olhando a noite e vieram duas borboletas e pousaram em meus olhos. Por isso tenho os olhos assim (assim: fugidios).

Nicole me emprestou seu apartamento. Ela foi para fora de Paris. E estou aqui sozinho. Sabine está longe. Estou aqui sozinho. Rue Fontarabie, metrô Bagnolet, XXème. Arrondissement. Novamente em Paris, isolado dentro desse apartamento. Tentando juntar as partes – um quebra-cabeça que nunca consigo compor totalmente. Meu nome é Arthur Rimbaud e escuto a chuva cair. Sou alga, ruína, fantasma, orgasmo, bacilo, ameba, guerra, bandeira, lenço branco, esperma, lepra, homem, formiga, formicida, contravenção, câncer, infecção, ácido ascórbico, maconha, clorideto de cadetilina, ácido sulfúrico. Sou rato e sou mar.

Sou o poema que não escrevi.

Não sou.

Nada tenho. Tenho minhas mãos que meto em meus bolsos e neles encontro apenas um cartão-postal não remetido e um velho passaporte.

Estou (sou?) pessimista.

Marquei o dia da minha morte. E preciso escolher o local. Eu quero morrer de madrugada. (Quando eu morrer as duas borboletas vão voar novamente.) Não sei como morrerei – se por mão humana ou acidente –, mas terá de ser de madrugada.

> Os dias de álcool e rosas
> estão longe de mim
> sonho
> as últimas e próximas
> aventuras
> e mulheres que jamais cheguei a ver.
> E lá estou eu deitado ao sol.
> Perdi muito tempo
> nesse jogo proibido
> mas procuro desculpas

pensando nela.
As rodelas de limão são espremidas
no chá europeu.
Anseio
por sentir o tempo passar
e renuncio ao álcool.
Lá estou eu
deitado ao sol
e as palavras são escritas
à luz desse sol
deitado nessa relva
com esse mesmo céu
e sem você.

"Nada no mundo era insólito: as estrelas sobre a manga de um general, as cotações da Bolsa, a colheita de azeitonas, o estilo judiciário, o mercado do grão, os canteiros de flores... Nada. Essa ordem, temível, temida, de que todos os detalhes estavam em conexão, tinha um sentido: o meu exílio. Fora na sombra, dissimuladamente, que até então eu agira contra ele. Hoje em dia, ousava tocá-lo, mostrar que o tocava, insultando aqueles que o compõem. Ao mesmo tempo, reconhecendo-me o direito de fazê-lo, reconhecia nele o meu lugar. Pareceu-me natural que me chamassem de 'senhor' os garçons de cafés." (Jean Genet, *Diário de um ladrão.*)

Saindo de uma *trattoria,* em Roma: eu, um jornalista conhecido e um casal brasileiro. Ele é cineasta e veio trazer seu filme a um festival. Ela é pintora. Sempre me espantou um pouco a burrice dos pintores e me pus de sobreaviso. São jovens. Ele fala do movimento de esquerda, das divisões, da falta de consistência – mas a impressão que se tem é que está falando de suas próprias lacunas, da miséria pessoal de um intelectual pequeno-burguês. Ela faz charme. Um olhar, uma palavra que diz é um charme estudado. Não se pode chamá-la de feia, tem cabelos longos e um ar de quem quer dormir com todos os homens, mas sem coragem para isso, e se contenta – infantilmente – em excitá-los. Numa primeira oportunidade o jornalista amigo meu me pergunta sobre ela: não entendia seu charme postiço, para um europeu aquilo era alusão clara de que estava interessada em dormir com determinada pessoa. Digo: isso faz parte do subdesenvolvimento existencial.

Ela comenta a "falta de elegância das mulheres européias". Respondo ironicamente que aqui não se tem muito tempo para essas coisas, que a "alta-costura" é um produto de exportação. Ela não se dá por convencida. Eles são jovens e formam um bonito e triste casal. Dirigimo-nos para a Via Venetto. Lá ela consegue me irritar mais ainda. Nas mesas em volta da nossa – e dentro de sua cabecinha – todos os homens eram homossexuais e todas as mulheres lésbicas, e olhavam para ela.

Arrumei uma desculpa e me despedi.

Era meu segundo dia em Roma e aquilo fora o suficiente para me dar vontade de sair da cidade. Peguei o último trem da noite. Para Budapest. Antes, telegrafei a Sabine: "Ausência motivo trabalho".

Iria para Budapest. Nenhum objetivo em mente.

(Uma notícia de jornal me jogou uma lufada de água fria na cara – percebi então como tenho andado adormecido. Como as coisas mudaram em relação a mim! A notícia: Michèle Firk morreu na Guatemala. Assassinada. Michèle era minha amiga. Principalmente na época em que estudava no IDEHC: íamos juntos à Cinemateca e discutíamos muito sobre cinema e política. Agora, está morta. Mas não andou morta em vida: enquanto pôde, gritou, cantou sua canção.

"Não cheguei a realizar senão uma mínima parte do que devo fazer na Guatemala. Mas vi de perto a verdadeira luta onde o que se joga é a vida, onde se correm riscos, onde se morre ou se triunfa e onde não se julga nem se comenta os sucessos e os erros, políticos, estratégicos ou táticos, nos terraços dos cafés de Paris. Revirei a terra da Guatemala, conheci seus combatentes, esses jovens corajosos cujo combate é o meu. Vivi no meio deles como uma companheira a mais. Vi sua coragem e também, algumas vezes, o pouco caso que fazem da vida."

Me lembro ainda do seu rosto bonito, Michele. Da sua coragem, pequena Joana d'Arc. Mocinha, se bateu em favor dos argelinos. Depois da libertação, foi para a Argélia. Em 1963 conheceu a América Central pela primeira vez, na ilha, depois a Guatemala. Michele trocou a Europa pelo desconforto da luta. Até o dia em que morreu.

Morta.

"Vi o ardor que eles põem na luta. Vi sua força e sua fraqueza. Vi sua esperança e seu sacrifício. Vi tudo isso e aprendi deles o pouco que lhes pude dar em troca. E os amo como meus irmãos e irmãs e sinto que me separar de sua luta será traí-los, trair-me..."

O comunicado oficial diz que Michèle se suicidou. Quem te conheceu, Michèle, sabe que não é verdade. Porque você sabia o valor da vida. Choro, Michèle, choro hoje numa noite de inverno numa cidade qualquer da Europa, longe da outra luta. Eu, tantas vezes duro e seco, choro, e essas lágrimas são lágrimas de renascimento. Graças a você. *Pour l'exemple.*

"Felizmente represento tudo o que a burguesia odeia e não terei direito nem às lágrimas, nem às preces, nem às manchetes de jornais. Mas o que não quero é que cheguem a me enterrar com o qualificativo de aventureira, porque não o sou. Não gostaria que você pensasse que tomo essas coisas tragicamente, longe disso. Para mim, é uma honra que me concedem, possibilitando minha ajuda – na medida das minhas modestas possibilidades..."

Michèle, trinta e um anos. Abandonou o Quartier Latin. A Cinemateca. Foi embora. Guatemala. Assassinada. Um capítulo que não estava previsto.)

> O céu vem descendo
> atrás dos edifícios.
> A luz é negra
> e brilhante
> (por causa do fósforo)
> nesse céu
> de Budapest
> do Rio de Janeiro
> de Montevidéu.
> Sentado numa cadeira de bambu
> a teu lado,
> vejo submarinos na noite
> de Budapest
> do Rio de Janeiro
> de Montevidéu.
> Vejo submarinos partindo para a guerra.

Sou um mouro em Veneza. Sou um mouro sem Desdêmona. Em Veneza, sábado, 12 de outubro – guardei a data. Deixo minha valise na estação, saio, caminhando a esmo. Para ter uma direção qualquer, pergunto à primeira pessoa que encontro pela Piazza di San Marco. Caminhando sem maiores preocupações. Sem ter para onde ir, apenas uma hipotética Piazza di San Marco. Como um autômato, sigo as setas que apontam o caminho para a praça. Ruas, ruelas estreitas e tortuosas. Pontes pequenas e pontes grandes. Todas velhas. Ausência de carros. As pessoas parecem passear ou fazer compras. Entro numa livraria pela única razão de que ela estava ali na minha frente. Saio. Olho os sapatos numa vitrine. Sete horas, o comércio começa a fechar. Os sapatos são caros. Entro num *bistrô*, compro *Le Monde* para ter uma vaga idéia do que está acontecendo no mundo. Mas na verdade, nenhuma preocupação com o que está acontecendo no mundo.

De repente, a Piazza di San Marco.

Olho, observo. Gente por todos os lados. Estudantes americanos bebem vinho no gargalo de uma garrafa. Gente conversando. Gente caminhando. Atravesso a praça – e por um momento sinto vergonha de ser confundido com algum turista. Caminho sem olhar para os lados, como se a praça me fosse uma velha conhecida. Finalmente, paro. Revejo o trajeto que acabo de fazer. A praça me lembra a Itália antiga de filmes americanos. Majestade e decadência. Estou parado na praça. Hesito entre as inúmeras saídas. Finalmente resolvo entrar numa galeria de arte. Nada de interessante, pinturas acadêmicas. Volto à Piazza. Dobro à direita, caminho até a beira do cais. Sento num banco. Do lado de um casal. Acendo um cigarro, a primeira tragada. Fico olhando e escutando os sons locais. Mas faz frio. E venta.

Penso em Sacha.

Penso em Sabine.

Penso em Michèle.

Começo o caminho de volta à estação.

Depois de uns quinze minutos noto que as ruas não são as mesmas. Essas ruelas sujas me confundem. Pouca gente pelas calçadas.

Mais por hábito do que por fome, entro numa *trattoria*. Peço um espaguete e uma *"pizza* fantasia". O povo de Veneza (norte) me parece mais sério que o de Roma (sul) – uma observação que me surge gratuita, enquanto como.

"A mentira é uma verdade porque faz parte do homem" – escrevi no guardanapo essa frase que vem me perseguindo há algum tempo. Alguma relação comigo e Sabine?

O restaurante está vazio. Entra um casal de estudantes. Ela é morena e carrega um livro de Hegel. Uma estudante de filosofia, meu caro Watson. São jovens e estão alegres. Ele coloca o braço em volta de seu ombro, mas apoiado no sustento da cadeira. Riem, enquanto escolhem o cardápio. O mundo é bonito. Depois de comunicarem suas escolhas ao garçom, há este diálogo tipicamente latino.

– Quer vinho tinto ou vinho branco? – pergunta o garçom.

– Me diga o senhor: qual dos dois está melhor?

– Bem, temos um bom vinho tinto e um bom vinho branco.

O rapaz solta uma gargalhada. Também sinto vontade de rir.

Enquanto pago a conta, pergunto como deveria fazer para chegar na estação. Depois da segunda catedral, virar à direita, depois *torna sinistra,* caminha ainda uns vinte minutos.

Na estação, sou informado de que só poderei pegar o trem amanhã de manhã cedo. Procuro um quarto de hotel barato ali mesmo por perto. Muito cansado, durmo.

"... e tivesse eu o poder de destruir o mundo inteiro, incluindo a nós, para começar tudo de novo – mesmo com o risco de não poder criar Marta e a mim mesmo – faria isso sem hesitação."

S. Freud

Eu estou dormindo numa casa em ruínas onde ratos gigantescos comem meus pés à noite, confundindo-os com queijo branco, certamente, e eu acordo e sinto sangue e estou sem pés. Estou sem pés mas mesmo assim corro atrás dos ratos gigantescos como se fosse conseguir meus pés de volta, mas o rato pára e me encara, e eu então saio correndo e dessa vez ele corre atrás de mim. Assim tem sido esse doloroso desenho animado dessas noites brancas sem álcool e sem rosas. Os ratos gigantes (será um só?) já comeram vários pés meus, e eu ouço barulho de metralhadoras ao longe: são professores de filosofia que caem mortos ao chão. E há uma mulher loura vestida de roxo que canta e grita que não está louca, que não está louca, e seus olhos saem das órbitas pedindo socorro. Paro, olho pra cima, pra baixo, pros lados: esse chão é meu.

Esse chão não é nosso. "Entre todas elas a única decisão que posso tomar é não tomar decisão nenhuma." Milena/Sabine me sussurra ao ouvido coisas que não entendo. E quando começo a beijá-la já é de madrugada. (Silêncio agora. Uma leve brisa. Tenho a impressão de estar na janela, em pé à janela. Ou na porta. Vejo, enxergo tudo. Nada me escapa: Sabine com seu ar de senhora distinta (mas cansada). Eu estou sentado na cadeira, chateado, irritado. Esse sentimento obsessivo de ter de fazer alguma coisa para deixar de não-fazer. Para fugir (?). Esse cheiro de cigarro em todos nós. A boca de Sabine se mexe. Estará dizendo alguma coisa? Seria preciso um esforço muito grande para chegar até aquelas palavras, romper meu isolamento, alcançá-la. Sobre o que estará falando? A menor curiosidade. Um crime? O gosto de cigarro na boca, o gosto de sangue. Sabine: o crime que não cometi. Por momentos penso perceber um aroma suave. Eu quero, eu quero partir.) Madrugada. E atendo um telefone de repente e é Chico de Nova York, e eu acho muito engraçado. É como se ele estivesse aqui na esquina – continuo o menino de Barro Vermelho a me surpreender com as coisas. E me espanto com nossa aldeia-mundo, mas como não tenho dinheiro para partir, ele – o mundo – continua grande, grande. E se você não sabe eu digo agora: meu nome é Ernesto Rimbaud, primo de Kafka, e amo Milena. (Mas Rimbaud e Kafka me dizem: "Chega de ficar se lastimando, usando nosso nome. Não somos álibis de ninguém".)

Se pudesse compreender a vida, juro que faria um mapa. Não teria por onde me perder. A Quinta Avenida faz esquina com a Avenida Nossa Senhora de Copacabana, e eu tomo café da manhã no Select-Latin, em Saint Michel. Depois vou até a Praça Omônia para tomar um sorvete e conversar com uma irlandesa e com meu amigo Kostas. Os gregos me sorriem e pensam que sou um deles. Eu moro em Plaka, antigo bairro turco. E aqui não há ratos, mas casas brancas e velhas senhoras de negro sentadas em cadeiras na calçada. Elas são as mulheres do coro, e quando passo elas me reprovam – a minha figura, a minha roupa. Mas eu sorrio porque tenho a liberdade presa dentro de mim. Porque foi aqui nesse antigo bairro que a Verdade foi inventada. Aqui ela nasceu. Sim, aqui. E ouço música e sou música, som e fúria.

Deixei Sabine esperando por mim em Paris e me perdi por dentro e por fora. Sou uma criança levada pela mão do desastre. A cidade de Belgrado se escreve assim: Alexandra Sacha. Budapest também é uma mulher que anda sem sutiã e tem as pernas roliças, roliças. Uma música me canta e encanta. Sim, ela vale a pena. O resto: – mas esses países vão acabar, estamos vivendo num hospício geral e o continente latino-americano vai explodir em milhões e milhões de bolinhas coloridas: ele está vivendo a sua grande menstruação! Menstruação. Michèle foi suicidada na Guatemala. Chico Octávio é um profeta de barbas compridas que acampou nas Nações Desunidas, que de vez em quando costuma citar *Pasárgada,* mas ainda não conhece Kerouac embora seja personagem dele, Gustavo está na luta carioca, Flávio é um amigo que encontrei na Grécia, Lena...

O homem sem rosto: ele estava podre de bêbado e chegou em casa de madrugada (morava afastado da cidade) e se aproximou do chiqueiro e ficou pendurado na cerca até que caiu para o outro lado. Caiu no chiqueiro e se misturou com o barro e a sujeira e as fezes – e os porcos se aproximaram lentamente e comeram a cara dele. Ele ficou sem nariz, sem boca, sem rosto. Viveu a vida inteira sem sorrir. Eu senti muito a morte de Ataulfo – estou até hoje procurando Amélia. "Morre o homem e fica a fama." Será que o próximo será meu santo Nelson Cavaquinho?

Faria um mapa da mina, se compreendesse a vida. Descobriria o tesouro. Chico Octávio está em Nova York. Sinto saudades de Nova York – cidade que fica na Grécia e onde se fala francês. Chico Octávio: vou dormir com as mulheres do mundo (embora não durma nem com as do meu bairro). Vou escrever um poema, ler um artigo sobre suicídio e depois me suicidar. Em nome da morte, morreremos! E depois, como num conto de ficção científica, voltarei à Terra dois mil anos depois. Alma penada, arrastando a danação. (Eu gostava muito dos hinos de igreja!) Vou beber água de coco, beijar as mulheres nas suas partes mais escondidinhas e rasgar a bandeira da submissão. Vou ouvir o mar cantar na areia. Vou beber água e tomar banho, comer jabuticaba. Vou assassinar o presidente e deitar na relva com a namorada suave. Vou matar a mãe e o pai e o filho, e a santíssima trindade. Vou cantar no rádio e na televisão uma música de amor, e depois gravá-la no "meu disco voador". Vou morar com a Nina Simone, Gal e Nelson Cavaquinho. "Tira teu sorriso do caminho, que eu quero passar com minha dor": sou Hamlet e Prometeu e

Édipo: sou Cláudio, poeta e louco. Não, não sou o autor: sou o personagem. Sou o personagem mal-educado e malcriado: culpa do mundo que me criou. Estou trabalhando em casa, construo meticulosamente um computador que há de tomar as decisões por mim. Ficará assim tudo mais fácil, com meu computadorzinho, não é? E vou viajar novamente. Novamente, viajarei. A ordem é não parar nunca. Jamais. Ou sair de dentro de si mesmo, criar raízes na terra, numa casa de praia, longe do barulho da cidade: pescar: nadar: ler: dormir: escreviver: amar.

I'd like to know where is my youth.

Je crois qu'il faut vivre sa vie, monsieur. C'est tout. E aqui fico cuidando dos meus passarinhos imaginários e afastando os incríveis ratos que insistem em comer os meus restantes pés.

"Tudo é número.
O amor é o conhecimento do número.
O nada é infinito.
Ou seja: será que ele cabe aqui,
no espaço do tempo e da fome?
Não, ele é o que existe mais o que falta."

Gilberto Gil (e R. Duprat e R. Duarte)

Não conheço ninguém. Nenhum rosto me é familiar nessas ruas movimentadas.

Nada tenho pra fazer, já estou cansado. Na vitrine de uma livraria olho os livros sem conseguir descobrir os títulos – vez por outra reconhecendo alguns autores, Dino Buzzati, Cortázar. Ao fim da ruazinha, há um cinema. Entro, sem mesmo olhar os cartazes, me atrapalho com o dinheiro na hora de comprar a entrada. Era um programa duplo: um *western* meio psicológico de Raoul Walsh e... *Zéro de conduite* de Jean Vigo. O filme de Vigo me restituiu momentos felizes: não sei se era a claridade do dia, ou eu mesmo, mas saí do cinema com a sensação de ter visto o melhor filme da minha vida. Sorria sozinho, à saída, e fiquei muito tempo tomado pelas imagens do filme e junto com o filme de Dreyer (*A paixão de Joana D'Arc*), este passava a ser meu filme favorito.

Não senti necessidade de fazer mais nada o dia inteiro. E todas as pessoas nas ruas me eram conhecidas, e chegava mesmo a compreender o que elas falavam. Sentia-me um iluminado, como há muito não ocorria.

Entretanto, estava na hora de partir.

Meu compromisso com o mundo passou a ser este: nenhum compromisso com ele.

Meu compromisso com o mundo passou a ser meu compromisso comigo mesmo. Verdade? Individualismo. O individualismo é uma retratação. A ostra encolhe-se dentro da concha. Ou tudo talvez não passe de um fenômeno: o fim da adolescência. Ou o fim do idealismo.

O caminho que me leva ao individualismo não é escolhido: é a única brecha que me sobra, de repente, a única estrada pela qual ainda posso caminhar sem ser importunado. Sou um estrangeiro — agora sei que serei eternamente e em qualquer lugar, um estrangeiro. Talvez um apátrida. Em termos gerais, o sentimento de pátria é ainda uma divisão, e caminho — com muita dificuldade — para uma unidade. Por isso preciso, sinto que preciso amar novamente. Porque o amor é isso: o

AMOR É AQUILO QUE DIVIDE UMA PESSOA EM UM.

Sou um apátrida que procura o amor pelas ruas do mundo. Não sei se o encontrei. Mas sei – e sinto-me com coragem de afirmá-lo – que fora dele não há solução. Não há salvação. É preciso portanto assumi-lo..
....
....
....
....
....

"Y estuvo a punto de hacerse musulmán por el nombre de Alá, el dios perfecto, y se exaltaba con la poca diferencia que hay entre alegoria y alegria e alergia y el parecido de causalidad com casualidad y la confusión de alienada con alineado, y también hizo listas de palabras que significaban cosas distintas a través del espejo
Roma / amor
azar / raza
aluda / adula
otro / orto
risa / asir"

G. Cabrera Infante, *Tres tristes tigres*

Eles empurram você com força:
não esperam que você se apresente:
quando podem pegam você pelo sentimento:
finalmente, chegam mesmo a persuadi-lo de que você está em sua casa:
mas as palavras que (eles) pronunciam ferem seus ouvidos, e é então que você começa a procurar o fio que imagina deva existir

entre você e *alguma coisa*; mas você nada encontra e mal consegue se lembrar de uma rua ou de um rosto, que lhe parecem então completamente estranhos; mal consegue se lembrar de você mesmo.

Foi assim no início.

Como se tivessem trancado você dentro de um quarto, no mundo em que você viveu, amou, mas do qual (pelo pouco que você consegue ver) não subsiste mais nada. Mais nada. Nada. Nonada, João.

Alguma coisa:

A rua não é uma rua qualquer, com seus bares, lojas, armazéns, transeuntes apressados, tão graves na aparência. Gente que esconde no rosto a verdade de outros momentos. A rua – quer dizer, a rua onde você viveu – não se parece mais com as outras ruas da cidade, com as outras ruas do mundo. Ela está vazia, sem importância – você não consegue refletir sobre seus habitantes. Mas é a sua rua: amigos, companheiros, parentes, alguém que você não consegue desenhar sequer os traços, o rosto, mas os menores detalhes lhe apertam o coração como se fosse um soco.

E você se sente sem condições de reagir.

Lentamente você abre os olhos, tenta prestar atenção.

Vai percebendo onde está: numa festa, uma fresta para o outro: grupos de pessoas conversando, bebendo, música de fundo, ruídos, cigarros.

Um homem à sua frente fala, disserta sobre o mundo, a situação política na América Latina.

– *Prima della Rivoluzione...* – você ouve a expressão, vinda de uma voz atrás de você.

Uma senhora de meia-idade se aproxima:

– Desculpe, mas não ouvi direito o seu nome...

O meu nome.

Ela quer saber o meu nome.
Todas as pessoas têm um nome, não sabia?
Sorrio.
Penso: meu nome é Arthur Rimbaud.
Sou o último mito de um mundo velho. Vou tentar descobrir a África.
Começo a rir.
Estou gargalhando.
— Não sei, minha senhora, não sei, não sei...

Epílogo

*"Um tempo sem relógios, com hospitais,
calafrios, sem catedrais; um tempo de úlcera e policiais;
um tempo frio e quente: um tempo sem espaço."*
Ibn Taufik Chemall

COMEÇAREI com a lua,
como os povos primitivos.
Depois falarei no mar,
metáfora maior.
Direi dos pecados do mundo
no poema-confessionário.

I

(Mas leitor e poesia
sairão frustrados:
a metáfora é pouca
para dizer o que há
do outro lado, do lado
de lá da rua, da lua.)

II

Me confesso meio inconsciente,
meio torto, displicente:
só não peço desculpas
pois tudo aquilo que sou
foi o que me fizeram:

meu tempo me deturpou
meu tempo me usurpou
meu tempo me acumulou
de incertezas, imprecisões.

III

(Tudo aquilo que falta na vida
se reflete na metáfora:
do poema conheço o rosto
torto vago e vesgo;
do tempo conheço o nervo,
violento, dolorido.)

IV

Como então fazer um poema
de mim, do que me falta:
do tempo em que vivo e morro
cada minuto, segundo?
– de dias mancomunados,
de dias acumulados,
de dias sacrificados?
Como desenhar a rosa
em campo de lodaçal?
Como cantar a canção
que não fúnebre, de guerra?
(Como amar a mulher
sem mais tempo para o amor?)

V

Nenhum homem consegue
saltar por cima da vida e da sorte.
Nenhum homem consegue calcular
a soma do amor e da morte.

VI

A poesia está na periferia
(por ser o que existe, apesar de tudo).
E se o poeta não presta,
vale o seu poema:
mas poesia na lata de lixo,
poesia da porcaria.
— Se o poeta não presta,
não vale o seu recado...
— Eis o mistério: ainda assim
ele fala.
Na lata de lixo,
cata as últimas esperanças.

VII

Esperança quando chove
é o abrigo que não molha.
Se ela não existe: obrigação
do poeta é inventá-la.
Caminhamos contra a morte
e neste andar é necessário
ver a paisagem.

VIII

Desenho, pois, a paisagem,
cheia de verdes e mares:
Desenho o poema
na palma da mão.
Articulo o fonema
na ponta da língua.
Quem quiser que acredite.
Quem quiser, se sacrifique.

IX

Por enquanto a multidão vive o
tempo sem morrer.
(Morre-se escondido,
dentro de um quarto talvez.)
Vem a chuva, vendaval:
voam as folhas
            soltas
    as telhas
            soltas
    as roupas
            soltas
    as dores
            soltas.
Tudo voa enquanto o sol não vem.

X

(Falo em meteorologia,
por disfarce da poesia.)

XI

Gostaria de não precisar
fazer um poema pra dizer
que o mundo está desarrumado.
Gostaria de viver a vida,
sem precisar denunciá-la.

As armas e os barões e a crítica

"HÁ UM VIGOR NELE (NO AUTOR), principalmente no romance *As armas e os barões*, onde a alma flui como tempestade diante da cidade desconhecida (a cidade do exílio) – esse Aquiles da tragédia política. Em *As armas e os barões* há o melhor de Flávio. O livro como composição apresenta uma livre descontinuidade, que aliás, como diz Umberto Eco, é a melhor forma de captar a realidade. Essa descontinuidade liga-se à própria situação psíquica do personagem, obrigado pelas circunstâncias a viver em terra estranha, e perdido de seus modelos existenciais. Essa perda (ele fugia de alguma coisa, entre o real e o fantástico) leva-o a uma identificação moral com o passado, e reatar essa perda submergida nas cidades de Paris e/ou Berlim (não fica muito claro), povos que falam outra língua, é sua fonte de equilíbrio (...) Ele (o personagem) é um ser político que não é mais político, e apenas sente a política na epiderme (e através das notícias). Fora disso, como o personagem de Kerouac, vagabundeia bastante. Esse vagabundear é quase uma prisão e revela somente uma angústia. E angústia é sinal de sentimento de culpa. Esse Adão exilado, andando por uma Europa que o agride, acaba no devaneio e desvairamento (...) Sua tentativa formal explica bem isso: recompor o caos, na medida do próprio caos (como em *Terra em transe*), não na ordem (...) é disso que vai viver a literatura brasileira daqui pra frente. E o Prometeu de Flávio Moreira da Costa tem lugar certo nessa caminhada."
WILSON NUNES COUTINHO, *O Globo*, 26/6/1970

"O que pode fazer um latino-americano expulso do hotel por falta de pagamento, em pleno inverno europeu? E se, de repente, se vê sozinho numa cama de hospital, quase indigente e absolutamente incomunicável? A solução pode ser tocar um tango argentino ou então lembrar-se de Nelson Cavaquinho e descobrir, enfim, que é brasileiro (...) Com *As armas e os barões*, Moreira da Costa (...) iniciou as experiências narrativas que o colocariam – com a publicação de *O desastronauta*, em 1971 – numa posição de relevo entre os autores da nova geração. Durante sete longos anos, os originais permaneceram engavetados à espera de um editor benevolente. O leitor sensível certamente louvará a paciência do autor. E aproveitará a leitura desta obra que (...) acaba compondo um atualíssimo painel pop, poético, dramático e profundamente humano."

BENÍCIO MEDEIROS, *Veja*, 15/1/1975

"Nesta obra, temos o confronto de Cláudio C., personagem, com o grande palco do mundo. Tudo é, porém, um espetáculo que tem a si mesmo por finalidade. Um grande torneio verbal para que a personagem se encontre, enquanto se vai despindo para um público imaginário. Flávio Morteira da Costa, romancista experiente, escreveu *As armas e os barões* para ler um livro que não havia sido escrito ainda. Fala de um brasileiro que levita entre o país e o estrangeiro. Lá, a dor de não estar aqui; aqui o desconforto de não se ver lá. Um brasileiro agudo, varando o mundo incolor (...) Todas as partes são forradas por uma espécie de discurso abstrato, por meio do qual circula uma fala sobre a geral condição humana. Aí é que *As armas e os barões* ganha notável espessura. Além disso, referindo ao mundo prosaico, à busca desesperada do prazer, recorre-se às clareiras da poesia, intervalos de lirismo para que o leitor respire e medite (...) O epílogo, poético, transfere a insolúvel trama para o campo onde a narrativa tentou fundir-se: a poesia. Vale a pena aceitar o desafio da renovação formal e de debate conceitual que o teto fornece."

FÁBIO LUCAS (da orelha da primeira edição)

"Um livro desconcertante, poderia ser uma classificação para *As armas e os barões*, de Flávio Moreira da Costa. De fato, o romance não acompanha absolutamente nada do que até agora se fez neste gênero. Uma montagem, uma colagem, um monólogo interior tecido de fragmentos e espaços brancos, um caos organizado: isso é *As armas e os barões*. Com uma temática também pouco explorada no romance brasileiro: a paisagem física do exterior. Passado na Europa Central e em Paris, *As armas e os barões* tem *nouveau-roman*, fúria e desconsolo, febre e delírio. Um texto impecável entremeado de poemas, cartas e reticências."

DUÍLIO GOMES, Suplemento Literário do *Estado de Minas*, 22/3/1975

"A precedência cronológica (de uma mudança do conceito de político na literatura) parece ser de *As armas e os barões*, de Flávio Moreira da Costa. Não é um romance explicitamente político, no sentido de *Reflexos do baile*, de Antonio Callado, mas um dos primeiros relatos do esfacelamento da identidade (...) Os limites da consciência do protagonista são também os da consciência do narrador. O texto, contudo, se sustenta: o fato social reduzido a um caso pessoal, sem qualquer debate ideológico..."

SERGIUS GONZAGA, *Correio do Povo*, 29/10/1977

"Surpreendente este romance de Flávio Moreira da Costa (...) O medo à rotina, eis a chave principal de *As armas e os barões*. Daí a premente necessidade interior e física de Cláudio C. partir continuamente, partir mesmo sem saber para onde, num horror rimbaudiano de voltar, ainda que seja para reencontrar as suas próprias raízes (...) *As armas e os barões* se nos afigura obra ortodoxa, naquilo que aponta e denuncia como sendo preocupação de toda uma geração desajustada, que não sabe para onde ir. É livro ímpar (...) Quanto à construção da obra, *As armas e os barões* é romance de aparência desarticulada, caótica e onírica, porém só na aparência, pois nos parece absolutamente realizado, numa técnica e estilo muito pessoais, onde topamos constantemente com invenções muito seguras que nos transmitem essa mensagem dolorosa. A intercalação de poesia dentro do texto – e diga-se de passagem que Flávio Moreira da Costa atinge momentos poéticos neste livro da mais alta qualidade lírica – vem de certa forma ajudar na compreensão geral da personalidade do personagem e do desencanto dele ante as problemáticas do nosso mundo moderno."

REYNALDO BAIRÃO, *Jornal do Brasil*, 4/1/1975

"Outro viajor constante é Flávio Moreira da Costa, hoje sem sombra de dúvidas um dos ficcionistas mais importantes no Brasil. Gaúcho de nascimento, crítico de cinema, jornalista, radicado no Rio de Janeiro, depois ambulante da Europa e dos Estados Unidos, vagabundo por conta própria ou bolsista eventual de governos mais liberais, Flávio lançou mais um trabalho, *As armas e os barões*, que se configura como seu melhor texto de ficção até o momento."

ANTÔNIO HOHLFELDT, *Correio do Povo*, 23/ 8/1975

"Entre os poucos livros que, nos últimos tempos, conseguiu manter inacabado o meu interesse da primeira à última página, destaco o romance *As armas e os barões*, do Flávio Moreira da Costa. A circunstância de se tratar do primeiro romance brasileiro totalmente passado no exterior – e, além do mais,

aqui por estas bandas – contribuiu, sem dúvida, para acentuar esse interesse."
ARTUR JOSÉ POERNER, de Colônia, Alemanha.
Pasquim, 21/1/1977

"Refletir sobre o próprio destino já é, com efeito, uma maneira de contestá-lo. É isso o que Cláudio Crasso-Flávio Moreira da Costa faz neste livro. Ao mesmo tempo que se vê impossibilitado de aceitar a escala de valores que lhe impõem, ele se apega aos únicos valores que considera fundamentais e definitivos, entre eles 'a liberdade, cujo reino é a beleza'. Uma poderosa colagem, *As armas e os barões* instala, na literatura brasileira, uma contemporaneidade que nossos autores, antes, apenas arranharam. E mostra em Flávio Moreira da Costa um escritor a caminho de uma maturidade que, certamente, renderá bons frutos a seus leitores."
AGUINALDO SILVA, *O Globo*, 22/12/1974

"...o livro começa e termina com poesia, para confirmar que a matéria viva é que é a matéria para ser escrita. E, se o personagem é escritor, como no caso de Cláudio C., ele só tem um caminho a seguir: é 'escreviver'."
TERESINHA AVES PEREIRA, *Vida Universitária* (México)

"Um livro cheio de inquietantes interrogações, poético e trágico. Que cala fundo na sensibilidade de cada um de nós."
TORRIERI GUIMARÃES, *Folha da Tarde*, SP, 3/2/1975

Carta de Otto Maria Carpeaux:

"*As armas e os barões* é o primeiro romance de Flávio Moreira da Costa. No entanto, já coloca seu autor na primeira linha dos jovens escritores brasileiros.

Há, na ficção moderna, espécie de dissídio entre os que cultivam as modernas técnicas narrativas e, por outro lado, aqueles que preferem a atualidade engajada. Flávio Moreira da Costa conseguiu sintetizar essas duas tendências: sua obra, estilisticamente unificada, é ao mesmo tempo uma mensagem ao seu povo – e a outros povos.

Por isso mesmo é possível que Flávio Moreira da Costa encontre dificuldades em editar sua obra. Mas não duvido que, no Brasil ou no estrangeiro, um editor corajoso, disposto a impedir que se perca esta voz nova e, por sua vez, corajosa.

       Otto Maria Carpeaux, Rio de Janeiro, 22/09/1969."

Este livro foi composto em EideticNeo e impresso pelaEdiouro Gráfica sobre papel Pólen Soft 80g da Suzano para a Agir em abril de 2008.